2
やめてくれ、強いのは俺じゃなくて剣なんだ……！
Don't do this.
It's not me that's strong, it's the sword......!
馬路まんじ
ill. かぼちゃ

目次

誤解
「『龍殺しの英雄』クロウ・タイタス。
彼を我が夫とし、
国家の象徴とすることが
『最善』の道なのです……！」

彼は差し穿たれた傷孔に指をかけ、一気に左右に引き裂いた。

すると、衣服や胸筋ごと皮膚が裂け――、

「二十年前、王城より持ち去った
　国宝兵装が一つ―――
『赫轟炉心ファフニール』だ……！」

――そこにあったのは、

肋骨内を埋め尽くすほどに肥大化した、異質すぎる『心臓』だった……！

真実
まかせろ!!
まずい……
その言葉に――
金色に輝くエルディアの瞳に、
アイリスは黙り込んだ。

やめてくれ、強いのは俺じゃなくて剣なんだ……！

Don't do this.
It's not me that's strong,
it's the sword......!

2

馬路《mazi》まんじ《manzi》

ill. かぼちゃ

第二十七話　死ね!!!!!!!!!!!!!!!!　クロウくん!!!!!!

――何処《どこ》とも知れぬ宮殿の大広間にて。

黒魔導組織『黒芒嚮団《こくぼうきょうだん》ヴァンプルギス』が嚮主《きょうしゅ》・ヴォーティガンは、ワイングラスを高らかに掲げた。

「さぁお前たちッ、宴《うたげ》だぁーーーーーーー！」

『うぉおおおおおおーーーーーッ！』

彼の音頭に合わせ、数百人もの黒服たちが一斉に騒ぎ出す。

酒を飲み、仲間と笑い合い、大広間に並んだ料理に舌鼓《したつづみ》を打つ。

「めでたいなぁ！」

「万歳《ばんざい》ばんざーい！」

明るい空気がそこにはあった。誰も彼もが笑顔だった。

何も知らない者から見れば、思わず交ざりたくなってしまうような雰囲気だ。

だがしかし。

「さぁさぁお前たち、どんどん飲め。今日は『テロ作戦成功記念パーティー』なんだからな！」

……彼らは今、国の損壊を肴《さかな》に笑い合っていた。

帝都を守護する四都市を破られ、魔物たちの脅威に晒《さら》されることになったレムリア帝国の内地を思い、飯を喰《く》らう。

「内地の連中、今ごろ苦しんでるかなぁ！」

「いやぁ、いっぱい叫んでいっぱい泣くのはこれからだろ」

「まだ貴族共は余裕ぶってるかもな。まっ、『第二作戦』で苦しめまくってやろうや！」

肩を組みながら「これからも頑張ろう！」と励まし合う黒服たち。

彼らには一切《いっさい》の躊躇《ちゅうちょ》も罪悪感もなかった。

なぜなら『ヴァンプルギス』の構成員たちは、全員がレムリア帝国の外地に置かれ、日々魔物共の脅威に怯《おび》えてきた者たちだからだ。

全員が『内地の連中にも同じ恐怖をくれてやろう』と決意していた。

「死んだ同志たちの分まで、楽しめよお前ら……」

そんな構成員たちを見つめるヴォーティガンの目は、まるで子供を見守る父親のようであった。

――あるいは、民を慈《いつく》しむ国王か。その愛情と温かさに溢《あふ》れた瞳《ひとみ》は、とても苛烈《かれつ》なるテロリストのモノには思えなかった。

「さて、と」

彼は広間の片隅に寄りかかると、懐《ふところ》から一枚の書類を出す。

それは、頼れる七大幹部が二名『獄炎《ごくえん》のカレン』『千変《せんぺん》のナイア』から聴取した、セイラムでの戦いを纏《まと》めた資料だ。

今回の『四方都市壊滅作戦』において、唯一落とせなかった都市でのことである。

「てっきり、最強クラスの女剣士『白刃《はくじん》のアイリス』にボコられたのかと思ったが……」

ヴォーティガンは目を細めながら書類を読み返す。

意外なことに、アイリスの名が出てきたのは終盤のみだ。

カレンも、ナイアも、他のほとんどの構成員たちも、まったく知らない男によって斬滅《ざんめつ》されていた。

その名は、

「──クロウ、か」


よくもやってくれたなと、ヴォーティガンは呟《つぶや》く。

「お前がいなければ、内地はさらなる地獄へと化していたものを」

破格の偉業を成し、テロ作戦の完全達成を阻《はば》んだ男。

いわば『英雄』とも呼べる存在の登場に、嚮主は固く決意する。

「必ずお前を、ブチ殺してやろう……！」

敵組織　　「殺す」
自国の貴族「死ね（ドラゴン狩ってきて！）」
自分の武器「魂！」
クロウ　　「……」

モテモテなのに全方位に味方がいない主人公、
クロウ・タイタス――！

第二十八話　死ぬな!!!!!!　クロウくん!!!!!!

魔導騎士団・シリウス支部にて。

支部長フィアナは、目の前の男に訝《いぶか》しげな視線を送っていた。

「……スペルビオス宰相。六級騎士クロウに対して、ドラゴンを単独で狩ってこいとかどういうことです……!?」

鋭く問いただすフィアナ。

まったく戯言《ざれごと》にしか思えない命令だった。悪い冗談ならやめてほしい。

「いきなり来訪したと思ったら、そんな無茶苦茶を言ってきて。ドラゴンなんて、上級騎士が複数人でかからなければいけない強さの魔物でしょう。それをあの子一人に任せるなんて……」

「お黙りなさい、フィアナ支部長。これは王の決定です♡」

そう言って、スペルビオスは任務書を突き付けた。

そこにはこの『レムリア帝国』の紋章が。

「王からの依頼は絶対遵守《じゅんしゅ》がルール。期日から選別メンバーまで、必ず守らなければいけませぬ。支部長だろうが団長だろうが、文句は言えないはずですぞ～？♡」

「くっ……」

悔しいがその通りだった。

元より『帝国魔導騎士団』は、王家によって設立された存在。

今でこそ商人や民間人からの依頼も受け付けているが、本来は王の手足なのだ。それゆえ決して逆らえない。

「やれやれ、不服そうですなぁ支部長殿？　アナタに比べてクロウくんは聞き分けがよかったですよぉ？

実は彼に会ってきましてねぇ。ドラゴンを倒せと言った時には驚いてましたが、『このままでは民衆に被害が出るかも！』と付け加えたら、二つ返事でオッケーしてくれましたよぉ～～？♡」

「っ⁉　そ、そんなことを言ったら受けるに決まってるでしょう！　クロウ様の過去をわかってて言いましたねッ⁉」

いよいよ激怒するフィアナ。そんな彼女に対し、スペルビオスは悪意にまみれた笑顔を浮かべた。

そう。クロウ・タイタスの来歴は、騎士になるに当たって上層部へと知れ渡っていた。

彼がアイリスの弟子であること。呪《のろ》いの装備を操《あやつ》れる存在『伝承克服者』であること。そして、黒魔導士と魔物の群れに村を焼かれ、苛烈《かれつ》なる『断罪者』として立ち上がったことも。

「クロウ様は外地の人間……何の血筋も持たない平民。まさかアナタたち上層部は、そんな彼が『第二のアイリス』となるのを防ぐために、こんな……」

「おぉ～～～っとっ、失礼な妄想《もうそう》はやめてくれますかなぁフィアナ支部長⁉

逆に王や私めらは、クロウくんに伝説になってほしいと思って、ドラゴンの単独討伐を依頼したのですよぉ?」

「伝説……?」

「そう！　今、この国は大変な状況にあります！　内地に魔物共が流れ込み、不安がっている民草は多い！

　それゆえにっ、この人がいれば安心だ～と思えるような存在を生み出そうとしているわけですよ！」

　それがクロウくんです♡　と、ふざけた口調で宰相は言う。

「だからこそ、あえて無理っぽく思えるような条件を付けたわけですぞ。困難を達成してこそ、男は英雄になれるってわけです！♡」

「調子のいいことを……！」

「はぁい、絶好調でございます！　というわけで、そろそろお暇《いとま》しましょうか。はぁ、美人な女性との会話は楽しかったですな～♡」

　また来ますぞーと言いながら去っていく宰相に、フィアナは二度と来るなと叫びかけた。

「はぁ……」

　一人になった支部長室で溜《た》め息を吐《つ》く。

――フィアナは確信した。上は確実に、クロウを殺す気であることに。

それも『民のために！』という言葉を使って、凶悪な魔物に単独で挑ませるとは最悪だ。

そう言われたら、あの青年は逃げることもできないだろうに。

「クロウ様……。アナタは苛烈で、何よりお優しい人ですからね……」

どうしようもない娘のことを信じ、仲を取り持ってくれた素敵な男の子。

そんな彼のことを、フィアナは心から案じていた。

そして……一つの決断を下す。

「……王からの任務は絶対遵守。単独でドラゴンを狩れと言われたら、必ず一人で成し遂げなければいけない」

非常に厳しい条件だ。

だが、武器の指定は特になく、ドラゴンに辿《たど》り着くまでの道中までも一人でいろとは言われていない。

ならばサポートのしようもある。

「クロウ様。アナタを預かっている身として、できる限りのことはしますからね」

※なお二つ返事した真実。

宰相様「民のためにドラゴン狩りましょ！
（こう言えば頷《うなず》くでしょ♡）」

クロウ「わかった
（偉い人怖いよぉ逆らえないよぉ!!!!）」

第二十九話　娘貸し出しサービス！

「――申し訳ありません、クロウ様」

　宰相様に『ドラゴン狩ってこい』と言われた翌日。

　シリウスの街の門前にて、俺はフィアナ支部長に頭を下げられていた。

「わたくしは無力です……。アナタ様に下されたドラゴン討伐《とうばつ》について、微々たる支援しかできそうにありません……」

　すごくしょげているフィアナさん。ちょっと涙目になっている。

「任務の条件は『単独でのドラゴン討伐』。特に武器の指定はありませんでした。

　その点を突き、クロウ様にいくつかの呪《のろ》いの魔導兵装を貸し与えようと思ったのですが……」

　彼女は悔しそうに呟《つぶや》く。「スペルビオス宰相はそれも読んでいました」と。

「魔導兵装庫は空《から》になっていました。倉庫番曰《いわ》く、宰相の部下たちが運び出していったそうです。

　曰く、『いざという時の戦力として、余っている魔導兵装は王都に集約させる』とのこと。また所有者の決まっている兵装も管理を厳しくし、一時的な他の騎士への貸し出しにも、城まで許可を取りに来いと……」

　なるほどなぁ。そりゃ急だとしても、表立って抗議しにくい理由を出したもんだ。

実際問題、内地に魔物が入り込んでる状況だ。国の中枢《ちゅうすう》に力を集めるのは当然だろう。

で、そんな状況だからこそ兵装の管理を厳しくするのもまた当然か。

「このタイミングでの指令など、どう考えてもクロウ様への嫌がらせ。あぁ、我がアリトライ家にもっと力があれば、アナタ様のことを庇護《ひご》できましたのに……！」

先ほどからフィアナさんはこの調子だ。すごく優しい人なのだろう。

俺は気にすることもなく、キリッッッとした顔で彼女の肩に手を置いた。

「フィアナ支部長、どうかお気になさらず」

「クロウ様……」


いや～マジで気にしなくていいからね!?

……国やフィアナさんは俺のことを『伝承克服者』だと思って、呪いの兵装も操《あやつ》れるって考えてるみたいだけど、それ勘違いだから！

呪いの兵装を抑え込めてるのは、俺の身体《からだ》を操るクソソード『黒妖殲刃《こくようせんじん》ムラマサ』の謎パワーによるものだから……！

（あと微妙に抑えきれてないしな。みんなうるさいし、クソ銃の『アーラシュ』なんて俺を自殺させようとしてくるし。そのへんどうなんだよムラマサくん？）

――今　無理。支配力リソース限界。我　成長途中――

（えっ、成長!?　もしかして魂を喰《く》い続ければ、やばい装備ももっと操れるってこと!?）

そりゃあいいことを聞いたぜ。もっと魂を喰わせて……って、それで支配力上がったらダメじゃねーか！

そしたら俺の身体を支配する力も上がるってことだろ⁉　ふざけんなアホ！

――チッ――

（舌打ちした⁉　お前、今『気付かれたか……』って感じで舌打ちしたよな⁉）

マジで鬼畜ソードだなこいつ！


……ともかくそういうわけで、これ以上やばい装備を持つのは危険な状態だったからな。簡単に押し付けられなくなったのはありがたい。その点、宰相様にはむしろ感謝してるくらいだ。

まぁそんな事情はフィアナさんには話せないため、テキトーなことを言って場を収めますか。

「フィアナ支部長。呪いの装備だろうと、希少な戦力。俺の手元に集めすぎるのは確かに問題だ」

「ですが……アナタ様の命を守るためにも、一つでも兵装があったほうが……」

だからこのままだとその兵装に殺されるんじゃいッ！　頼むから善意で俺を追い詰めないでくれ！

そんな激情に突き動かされ、俺は思わずフィアナさんの両肩を強く掴《つか》んでしまった。

「ク、クロウ様……⁉」

「重ねてどうか、お気になさらず。――俺以外の使い手たちに渡り、それで誰かを守れるならば是非も無し。むしろそちらのほうがいい」

「っっっ⁉」

いやマジで呪いの装備みんなも使ってね‼‼

人格汚染にビビッて不良在庫にされると、俺のところに回ってきちゃうから！　もう問題児はいらねーから！

……という意思を込めた言葉を吐いたところ、

「ア、アナタ様は……アナタ様はなんて……！」

（って、フィアナさん泣いちゃった⁉）

あぁっ、もしかして肩を強く摑みすぎたせい⁉

その状態で装備いらねーからって言っちゃったから、『アナタ様はなんて恩知らずなんでしょう！こんな酷《ひど》い人は初めてです』ってショック受けてる感じ⁉

（まぁそうだよなぁ、フィアナさんは善意であれこれしようとしてくれてたわけだし……。それを突っぱねられたらなぁ……）

やっぱり俺はコミュ障なダメ男だ。配慮に欠けた言葉で、フィアナさんを傷付けてしまった。

ここはさっさと立ち去ることにしよう。……『もう一つの善意』についてはマジでありがたいから、お礼は言ってからな。

「支部長。馬車を貸し出してくれたこと、心から感謝します。これでドラゴンがいるという山岳地帯まで一気に行ける」

俺はちらりと後ろを見た。

そこには一角獣の魔物『ユニコーン』が引く幌馬車《ほろばしゃ》が。

さらに、

「そして、大切なご息女を供《とも》に付けてくれたことを」

幌の中から、桃髪の少女が顔を出す。

なんと支部長は、〝道中のお世話係に〟と、娘のティアナさんをよこしてくれたのだ。

「ママ……いえ、支部長」

フィアナさんと顔を合わせるティアナさん。

って、あれ？　実はついさっきまで〝ドラゴン討伐のお供なんてこわいよ〜！〟ってビクビクしてたのに、ものすごく決意に溢《あふ》れた顔をしてるぞ？　なんでだ？

「クロウの言葉は聞いていたわ。……アタシ、必ずこの人の助けになってみせるわ」

「ええ、どうかお願いするわね。この調子だといつ死んでしまうか、わからないから」

強く頷《うなず》き合うアナ親子さん。

えっ、なになに二人とも⁉　俺の言葉ってなんのこと⁉　死ぬってどゆこと⁉

（よ、よくわからんけど……もしかして俺って、めちゃくちゃ頼りなく思われてる――――――⁉）

第三十話　（無駄に）紡《つむ》がれる絆《きずな》

「よし、今のところは異常なしね～……！」

ユニコーンの引く馬車が野を駆ける。

街を出てから半日。御者台にて、ティアナは休まず周囲を見ていた。

現在の内地はどこに魔物がいるかわからない。

これをいち早く発見してルートを変えることで、幌《ほろ》の中で休む男・クロウに負担をかけないようにすることが役目だ。

向かい風により乾いてしまう目をこすりつつ、ティアナは索敵を続ける。

「ティアナ、そろそろ俺と代わったほうが……」

「って駄目よクロウ！　アンタのお世話は全部アタシがするんだから！」

「むむ……」

お人好《ひとよ》しな後輩を黙らせる。

決死の戦いを前に他者を気遣《きづか》うクロウに対し、ティアナは内心腹が立っていた。

（大人しく体力を温存しておけっての。アンタは最強の魔物『ドラゴン』と戦おうとしてるのよ？）

古代より、あらゆる国の伝承にドラゴンは登場してきた。

姿かたちに多少の違いはあれど、弱く書かれたモノなど一切《いっさい》存在しない。

それゆえ、幻想存在が実体化した現代でも、ドラゴンは災害クラスの脅威として世界に君臨していた。

（どんなドラゴンかは伝えられてないけど、竜種って時点でデカくて飛べて鱗《うろこ》が硬くて火が噴ける化け物なのは確定でしょ。そいつとサシでやらなくちゃってのに……）

居心地の悪そうな気配を感じる。

自分だけが休んでいる状況を、どうやらクロウは気まずく思っているようだ。

どことなくそわそわとしている彼に、ティアナは思わず溜《た》め息を吐《つ》いてしまった。

（クロウ……。アンタはもっと、自分のことを大切にしろっての……！）

旅立ち前、母・フィアナと彼がしていた会話を思い出す。

『あぁ、我がアリトライ家にもっと力があれば、アナタ様のことを庇護《ひご》できましたのに……！』

フィアナはひたすら謝罪していた。

呪《のろ》いの兵装を与えられず申し訳ないと。『伝承克服者』であるクロウ様なら、戦力にできたはずでしょうにと。

だが、クロウは気にした様子もなかった。『呪いの装備だろうと、希少な戦力。俺の手元に集めすぎるのは確かに問題だ』と言い、フィアナを慰める余裕すらあった。

そして、

『――俺以外の使い手たちに渡り、それで誰かを守れるならば是非も無し。むしろそちらのほうがいい』

その言葉に、フィアナはもちろん、ティアナも泣きそうになってしまった。

ああ……それはつまり、〝見知らぬ誰かを守れるならば、自分なんて犠牲になってもいい〟ということか。

悪党によって故郷を焼かれ、同じ悲劇を他者に味わわせまいと誓った男・クロウ。

彼の誰かを守りたいという精神は、悲しいほどに極まっていた。

「クロウ……どうすればアンタは、自分をもっと愛せるように……」

問いかけようとした、その時。馬車を引くユニコーンが嘶《いなな》きを上げた。

ハッと先を見れば、そこには茂みから飛び出した十数匹もの豚巨人『トロール』共が。

(しまったっ、集中力が乱れてたっ！)

心中で自身を叱責《しっせき》するティアナ。気合いを入れなおすと誓ったばかりなのに、なんという体《てい》たらくか。自分の駄目さ加減が嫌になる。

「ユニコーンッ、急いで道を変えてっ！」

指示を出す彼女だが、すでにトロール共はこちらに突っ込んできていた。

どしどしどしっと騒音が響く。人間の倍以上はある巨体が、勢いよく迫りくる。

『ガァァアアッ！』

「くっ⁉」

もはや回避は不可能だ。意を決したティアナは、「こうなったらやるしかない」と、自身の兵装を起動させようとした。

だが、その刹那《せつな》。


「悪よ、滅びろ」


言葉と共に、馬車の中から黒影が駆けた。

クロウが鞘《さや》に手を掛けながら、敵の群れへと接近したのだ。

そして、

「ハァァアアッ！」

斬滅一閃《ざんめついっせん》。目にも留まらぬ高速抜刀により、数匹のトロールが真っ二つになった。

その勢いのままにクロウは闘争を開始する。吸血のナイフを乱れ投げ、魔の鎖により拘束し、絶殺の黒刀により斬《き》って斬って斬りまくる。

『ガァァァアアアアアッ⁉』

たちまち上がる魔物共の悲鳴。鮮血を撒《ま》き散らしながら逃げ惑《まど》うトロール共の姿は、いっそ哀《あわ》れにさえ感じるものだった。

「殺す」

その背を追いかけ、容赦《ようしゃ》なく斬滅していくクロウ。

血潮にまみれながら戦う姿はまさに修羅《しゅら》。殺意に溢《あふ》れた彼の様《さま》に、ティアナは堪《たま》らず悲しくなってしまう。

（アンタは本当に、なんて男なのよ……クロウ……！）

他者のために命を投げ出す聖性と、悪を討つために鬼となれる魔性。

その両方を併せ持った彼は、まさに騎士の鑑《かがみ》と言える人物かもしれない。

だが――そんな生き方を続けていれば、間違いなくクロウは破滅してしまう。

（どちらの性《さが》も、自分の身を磨《す》り潰《つぶ》すようなものじゃないの……！）

彼の在り方が悲しすぎて堪らない。今すぐに抱き締めてやりたい気持ちでいっぱいになる。

――でも、できない。男の隣に向かうには、あまりにも自分は弱すぎるから。

彼の足を引っ張り、危険に晒《さら》してしまうだけだとわかっているから。

「クロウ……！」

もどかしい想《おも》いを抱えながら、ティアナは彼を見守り続けるのだった。

なお。

（――あっれえええええええええーーーーっ!? 俺、頑張って戦ってるのに、ティアナさんがすごい悲しそうな眼《め》をしてるんですけどぉ!?）

全てはティアナの勘違いである……！

他者のために命を投げ出す聖性も、悪を討つために鬼となれる魔性も、このクロウという男はこれっっっっぽっちも持ち合わせていなかった。

〝兵装が他者に渡ったらいい〟発言は、単純に呪いの装備を持ちたくないために言っただけである。

そして今気合いを入れて狩りをしているのは、魔剣ムラマサによる支配＋『全部お世話するとか言われちゃったよ！ なんか俺、すごい頼りない奴《やつ》だと思われてね!? これは男として頑張らねばッ！』と、変な勘違いから奮起しているだけだった。

こうして、両者の勘違いは錯綜《さくそう》する。

（うおおおおおッ、見てくれティアナさん！ 俺、すごい斬りまくってるよ！ クロウくん頑張ってるよ!!!!）

（クロウッ、なんて気迫に溢れたオーラを放つの!? あぁ、そんな動きしてたら身体《からだ》が壊れちゃう！）

……無駄に奮闘するクロウと、無駄に曇っていくティアナ。

（もっと頑張らなきゃ！）

（アタシが支えなきゃ……！）
かくして彼と彼女は、泥沼の関係になっていくのだった……！

クロウくん「ティアナさんを心配させないために張り切るぞ！」
ティアナちゃん「どうかこれ以上頑張らないで！
あぁこの人にはアタシがいなきゃ……っ！」

※泥沼である。

第三十一話

想《おも》いは至りて（ティアナ編）

内地は広い。内部にはいくつもの都市や村があり、湖があり、山さえもあった。

そんだけ広いならもっと外地の人間を入れてくれよって気分だが、まぁ簡単に受け入れ続けたらポコポコ子供つくって増えて土地不足になってしまうだろうからな。そこらへんは仕方ないか。

それはともかく、任務書によると、例のドラゴンは『ルナ山脈』という場所を根城としているらしい。

その情報に従い、山脈の麓《ふもと》にやってきたクロウくんなのですが……。


「何よ、これ……」

同行者のティアナさんが呆然《ぼうぜん》と呟《つぶや》く。

今、俺と彼女の目の前には、壊滅しきった集落の跡があった。

「ティアナ、この場所は……」

「あぁ……内地の人間は余裕があるからね、山登りが趣味の人たちがいるのよ。そういう人たちのために、山脈の前に村が設けられていたわけ。でも……」

もはやその村は消え果てていた。

全ての建物が燃え尽き、地面にはいくつもの巨大な爪痕《つめあと》が刻《きざ》まれ、そして人間は一人残らずいなくなっていた。

その光景を前に、ティアナさんはギュッと拳《こぶし》を握り締める。

「なんなのよっ……ドラゴンによる被害、とっくに出まくってるじゃないのッ！　クロウ一人を差し向けて、ドラゴンを暗殺の手段にしてる場合じゃないでしょッ！　馬鹿《ばか》じゃないの⁉」

怒り叫ぶティアナさん。力不足で不貞腐《ふてくさ》れたクズと自分を称していた彼女だが、それでもやはり騎士を目指していた身か。王族や宰相への怒りをブチ撒《ま》けていた。


……ちなみに、俺も絶賛激おこ中だ。

「ああ、本当にふざけているな……」

焦《こ》げるのを通り越してドロドロに溶けた石の建物や、横幅数メートルはある爪痕を見て思う。

——ってなんだこりゃッ、どんだけドラゴンでかくて強いんだよ⁉　こんなの倒せるわけねーだろ！

（いやいやいやいやいやいやいや、そりゃあドラゴンって魔物の中でも最強とか聞いてたよ⁉　でもさぁ、俺もこれまで結構な修羅場《しゅらば》を乗り越えてきたじゃん⁉　ムラマサに操《あやつ》られてる時の俺、なんやかんやで強いじゃん⁉　だから大丈夫だと思ってたわけよ！）

人斬《ひとき》りモードの自分がわりと最強だという自覚はある。

まぁ全身の筋肉ブチブチになるし骨も骨折寸前になるデメリットはあるが、それでもあらゆる戦いに勝ってきた。

だから今回もなんやかんやでドラゴンに勝てないかなーと思ってたが……、

（む、無理かもしれない……！　今回こそクロウくん、死ぬかもしれないッ！）

宰相様はなんて任務を与えてきやがったんだコンチクショウ！

あぁどうしよう……。今更ながらに、死刑宣告クラスのものすごい無茶ぶりをされたんだって理解できた。

恐怖で手がプルプルと震える。ぶっちゃけ逃げ出してしまいたい。

（でもフィアナさん曰《いわ》く、『王族からの依頼を破ったら、罰として死刑もあり得ます』って話だし……！）

逃げ場ないやんけ！　進退窮《きわ》まってるやんけ！

クソッ、こうなったら罪人になることを覚悟で逃げるか⁉　クソでかドラゴンに特攻するより、そっちのほうが安全だろ。

よし決めた。ここまで来て今更って感じだが、逃げ――ようとした、その時。

恐怖に震えていた俺の手を、ティアナさんがギュッと包み込んだ。えっ⁉

「クロウ……アンタも怒っているのね。王族たちの悪辣《あくらつ》さと、ドラゴンの暴虐《ぼうぎゃく》に」

「もちろんだ……（って、ん⁉）」

ちょ、ちょっと待て！　たしかに王族やら宰相やらは許せないけど、ドラゴンさんに対してはそこまでって感じですよ⁉　あと手の震えは恐怖のせいだし！

そりゃ襲われた村の人たちのこと考えたら可哀想《かわいそう》な話だけど、外地じゃ人が魔物に食われるなんてよくあることだ。

んで別に俺ってば聖人じゃないから、知らない人たちのために怒って命を懸けてドラゴン倒そうって気には……、

「やっぱりねぇ。こんなヤバすぎる壊滅の跡を見ても、まったくビビりやしないか。

短い付き合いだけどクロウの性格はよくわかってるわ。アンタは平和のためならば、どこまでも自分を捨てられる人間だって」

（いや捨てられないよ⁉⁉⁉⁉）

そんな気一切《いっさい》ありませんよ⁉　平和を守る側より享受《きょうじゅ》する側に入ってヌクヌクしたい小市民ですわよ⁉

（うーん……たしかに断罪者ムーブしてる時はそんなキャラしてなくもないけど、ティアナさんの前で自己犠牲バッチこいな言動したかぁ？）

キリッとした顔で適当にカッコイイこと言ってるだけだからなぁ。まったく思い出せません。

「……とにかくクロウ、今日はもう遅いわ。道中での戦いの疲れもあるでしょうし、今日のところは休みましょう？」

俺の袖《そで》をきゅっと摑《つか》むティアナさん。

えっ、えっ、今日のところはってなんスか？　明日はバトルしなきゃってことスか？

（いっ、嫌なんですけどぉぉお！　クロウくん逃げたいんですけどぉおお！）

もうなりふり構っていられねぇ！　俺はキリッとした演技を止《や》め、『お願いしますティアナさん僕を逃がしてくだしゃい！』と、情けなく叫ぼうとしたのだが——、

「……どのみち、アンタは逃げられない身だしね。もしも任務を放棄したら、きっと王族はアンタの師匠のアイリス様にまで罪科を与えるでしょうし……」

（って、ほぇえっ⁉）

そ、それはダメすぎるだろ⁉　俺のせいでアイリスさんにまで迷惑かかるとかアカンて！

——ということは、もはや俺は立ち向かうしかなく……。

「あぁ、そうだなティアナ……今日のところは休むとしよう」

こうしてクロウくんは、明日ドラゴンと決戦することになるのでした！　チクショウがァーっ！

◆　◇　◆

「よく寝てるわね、クロウ……」

——寝台の火が揺らぐ中、桃髪の少女騎士・ティアナは眠るクロウを見つめていた。

村の跡地に辿《たど》り着いた後のこと。

二人は近辺に無事な狩猟小屋を発見すると、そこを一夜の宿泊地と決めた。

それから小一時間。ティアナの作った料理を食べたクロウは、あっという間に眠ってしまった。

やはり疲れが溜《た》まっていたのだろう。深い寝息を立てる彼に、ティアナはそっと近寄った。

「ふふ、寝顔は普通に穏やかなのね。いつも険《けわ》しそうな顔をしてる割に、可愛《かわい》いじゃないの」

艶《つや》やかな黒髪を優しく撫《な》でる。

こうして見ると、ごくごく普通の少年のようだ。とてもじゃないが鬼神じみた戦闘力を持った存在には見えない。

それがティアナにはおかしくて、そして同時に物悲しかった。

「……アタシと同世代くらいのガキが、何やってんのよ」

身体《からだ》の壊れるような戦い方をして。

自分の命よりも、悪を滅ぼしてみんなを平和にすることを優先して。

そんな勇者じみた生き方をした結果、王族たちから目障《めざわ》りに思われ、抹殺《まっさつ》されようとして。

そして科されたドラゴンの討伐《とうばつ》に――まったく恐れず、立ち向かうことを決めて。

「馬鹿みたいよね、アンタ」

龍《りゅう》によって滅ぼされた村を見た時。

圧倒的な破壊の跡に竦《すく》むことなく、ただただ怒りで拳を振るわせているクロウを見て確信した。

あぁ、きっとコイツは一生こんな感じなんだろうと。

「イカれてるのよ、アンタ。どうせ〝命を大切にしろ〟って言ったところで、聞きやしないでしょ？

どこかで誰かを苦しめるヤツがいれば、きっと駆けつけるに決まってる」

そこにどんな苦難が待ち構えていたとしても。この壊れた断罪者は、身体一つで立ち向かうのだろう。

「この、イカれ野郎が……」

ティアナは男に跨《またが》ると、その首筋に指を掛けた。――そして、

「アンタのせいで、アタシの心はぐちゃぐちゃよ。だから……責任、取りなさいよね」


彼女はそっと身を倒すと、自身の唇をクロウに重ねた――。

枕元《まくらもと》の明かりだけが灯《とも》る一室に、甘い水音が小さく響く。

「ンっ……あーあ、しちゃった……。でも、アンタが悪いんだからね、クロウ」

その理不尽な物言いに、ティアナは自分で苦笑してしまう。

でも仕方がない。それはどうしようもなく事実なのだから。

どこまでも本気で戦い、命を削っていくクロウの存在に……彼女は恋に堕《お》ちてしまったのだから。

「アンタがもっと、機械じみた処刑人なら好きになんてならなかったでしょうね。

だけどさ、アンタは街のお散歩に付き合ってくれた。アタシとお母様の仲を取り持ってくれた。

何も守れない雑魚《ざこ》のアタシに対して、『ティアナは俺の心を守ってくれている』って言ってくれた。

一緒にいると落ち着くって、言ってくれた……！」

過ごした時間は短いけれど、もう十分だ。彼との思い出を振り返った時、そこには胸を満たすような優しい思いやりの数々があった。

そう。クロウという男は破綻者《はたんしゃ》であれど、決してヒトの心を失った人物ではなかった。その本質はとても優しい男の子なのだ。ティアナはそう信じている。

だから。

「クロウ……」

ゆえにこそ、彼女は恋に堕ちた。

悪によって故郷を焼かれ、心のどこかがどうしようもなく壊れてしまった彼に。

目を離せば、あっという間に燃え尽きてしまいそうな男に、愛を捧《ささ》げてしまったのだ。

「……重い女になるつもりはないわ。アンタの生き方の邪魔はしない。アタシは馬鹿だし弱いけどさ、足を引っ張る存在にだけはなりたくないもの」

どうか憎しみを忘れて頂戴。他人なんて助けず、アタシだけを見て――なんて、そんな恥晒《はじさら》しな言葉を言うつもりはない。

この恋心も、胸の奥に秘めるつもりだ。

「だから、クロウ」

ティアナは決めた。

自分は彼に何も主張しないと。日陰の女に徹するつもりだと。

そう決意して――少女はクロウの衣服に、手を掛けた。

「明日の戦い、生きて帰れるかわからないんでしょう？　……何も残せず死んだら、悲しいわよね」

愛《いと》しい男が、この世に何の痕跡《こんせき》も残せず終わるだなんて虚《むな》しすぎる。

ああ、そんな悲劇が許せるものか。たとえ戦いに協力できずとも、たとえ弱くて愚かでも、そのような結末だけは迎えさせない。

ゆえに、

「どうか眠っていなさい、クロウ。——アンタの種は、アタシがもらってあげるからね」

そして消される、寝台の明かり。

闇《やみ》の帷《とばり》が降りる中、ティアナは優しく愛しい男を抱き締めるのだった——。


なお。

「う〜ん……！（はれぇ？　なんかモチモチでイイ匂《にお》いのするモノに包まれてるようなぁ……？）」

——ティアナはついに、勘違いのまま爆走してしまった！

そう、彼女の中のクロウ像など全て完全にまやかしであるッ！

燃え尽きそうなほどの情熱と優しさを持った男　な　ど　で　は　な　く、**カッコつけた言動をしてるだけの魔剣呪《のろ》われヘタレ野郎**だった！

「ぐお〜……？（うーん、おっきなマシュマロでものってるのかな？　嚙《か》み付いちゃお。がぶー！）」

「はぅッ!?」

夜闇の中、寝ぼけ切ったボケ野郎のせいで少女は悲鳴じみた声を上げる。

だが、

「あぁっ、クロウ、クロウ、クロウっ！♡　寝てるのに、アタシのことを受け入れてくれるのねっ⁉♡」

……なお彼女、愛する男から与えられた感覚ならば痛みさえも幸福に感じて、止《とど》まるコトなく猛スピードでゴールインに突き進んでいく。

重い女になりたくないと言いながら、彼女の性質は極限までにグラビティだった。

「す、すぴー⁉（んごぉ⁉　なんか気持ちいいぞ⁉）」

「あぁクロウクロウクロウクロウクロウッ！♡　もしも怪我《けが》して戦えなくなったらずっとお世話してあげるからねぇ～ッ！♡　よちよちー！」

暗闇の中、（※一方的に爆速で）繋《つな》がる二人の影。

かくして色々自覚が足りない男と、すっかり脳をやられて乙女《おとめ》回路を暴走させた彼女は、限界にまで突っ走っていくのだった……！

最悪の恋物語、ここに誕生である。

淫乱アホピンク爆誕――！

第三十二話　闘開幕

というわけで朝ッ！

おはようおはようおはようおはよう！

（俺、起床‼‼‼‼‼）

クソでかドラゴンと殺し合う予定のクロウくんです‼‼

いやぁー、ビビりな俺のことだから殺される悪夢とか見て寝付けないと思ってたんですけどね、それがグッスリ快眠できたわけですよぉ～！

妙にスッキリしてるし満足感に溢《あふ》れてるし肌ツヤテカテカだし、どうなってんだろうねコレ～⁉

なんかいい夢を見てたような⁉

「あらクロウ、もう起きたのねっ♡」

と、そこで。謎の絶好調感に戸惑《とまど》ってる俺にティアナさんがオハヨーしてきた。

ってあれ？　ティアナさん、なんか色気が増してるような……⁉

ご飯を作ってくれていたのかエプロンをしているため、なんだか若奥様みたいな雰囲気さえ感じるゾ……！

「体力のほうは大丈夫？　アナタってば、寝てるのにあんなに……えへへへへひ……♡」

んん？　あんなにって何のことだ？　それにティアナさん、昨日までは俺のこと『アンタ』って呼んでたような……？

「ティアナ、何か様子が……？」

「なっ、なんでもないわ！　それよりもほらっ、ちょうど朝ご飯ができたところだから、早く食べちゃいなさい！」

おぉありがたい！　なぜか滅茶苦茶《めちゃくちゃ》ハラペコだったんだよなぁ～！

おっ、十センチくらいあるクソ長ソーセージだ！　うまそうっすねティアナさん！

「んー……今だと小さく思えるわね。この三倍くらいのを知ってるとぉ……♡」

えぇっ、そんなソーセージ食べたことあるの⁉

「ほほう……俺も食べてみたいなぁ、それ」

「自分で自分のを⁉　う～ん腰を曲げれば……って、ダメよダメ！　そんなのマニアックすぎるわぁッ！」

……なぜか顔を真っ赤《まっか》にし、「やばっ、光景考えたら鼻血出てきたーッ！」と鼻を押さえながら洗面所に向かってしまうティアナさん。

って、一体なんなんだってばよー⁉

◆　◇　◆

「――悔しいけど、アタシがついて来れるのはここまでね」

朝ご飯のあと。俺たちはドラゴンと戦うべく、『ルナ山脈』の登り口に来た。

ティアナさんに連れ添ってもらうのはここまでだ。任務書からの指定として、あくまで龍《りゅう》と対峙《たいじ》するのは俺一人だからな。

「書物にかけられた呪詛《じゅそ》のせいで、条件に背《そむ》こうものなら即座に失敗判定を受けちゃうものね。できることならもっと助けになりたかったんだけど……」

（おあぁ～！　ティアナさんええ人や～！）

もしも俺が彼女だったら、ドラゴンの潜む山の近くに来ること自体拒否っただろう。

だって滅茶苦茶こわいしな。別にクロウくんのことを見捨てたところで自分が死ぬわけじゃないしな。

なのにティアナさんはここまで甲斐甲斐《かいがい》しくしてくれて、マジで俺は嬉《うれ》しいよ……！

「――有り難《がと》う、ティアナ。君には本当に助けられた」

キリリッッとした顔で彼女の手を取る。

最後になるかもしれないからな、きっちりとお礼は言っていこう。

「君から受けた恩は絶対に忘れない。ティアナのおかげで、俺は全力で戦うことができる」

「クロウぅ……♡」

ほんとにありがとねーティアナさん。ここまでお世話しまくってくれたもんね。

たぶん俺が絶好調なのは彼女のおかげだろう。

――魂ッ……超絶美味ッ魂臭！――

おぉっと、ムラマサくんが騒ぎ出したぞ。

これまでにない反応だ、それほどドラゴンはヤバい相手ってことだろう。戦うのいやだなぁ……。

――巨大　邪魂　アレ　食エバ、我……進化……！――

はんっ⁉　いま進化とか言ったかコイツ⁉

え、おまえ剣なのに進化ってどゆこと⁉　無機物がそんなんするわけねーだろ夢見るな！

――無機物差別……！――

（事実だよ！）

……いやまぁ魔導兵装って意味わからん能力持ってるし、進化くらいするのか？

ちょっと気になる話だな。ただ、それを確認するにはドラゴンに勝たなきゃダメかぁ。

（とにかくやるしかないかぁ。任務に失敗してアイリスさんに迷惑かけたくないし、何より死にたくないしな）

うし、今回ばかりは気合いを入れていくとしよう。

俺は顔をさらにキリリっとさせると、ティアナさんに別れを告げる。

「じゃあ、行ってくる」

「ええ……どうか『アタシたち』のためにも戻ってきてね、アナタ♡」

ん、アタシたちってどういうことだ？　……ああ、フィアナ支部長さんも心配してくれてたからな、
彼女のためにも戻ってきてってことか！

それにしてもティアナさん、なんで片手で手を振りながら空いたほうの手でお腹《なか》を撫《な》でてるんだろ？

ソーセージ、食べすぎたのかなぁ？？

◆◇◆

「止まってぇえええええええええーーー⁉」

山に入ってから数分。のんびり行こうと思ってた俺だが、それはムラマサが許さなかった。

ある地点を越えたあたりから猛ダッシュを始め、山脈を全力疾走《しっそう》するという地獄みたいな運動を強《し》いてきやがった……！

「ぜぇ、はぁっ、し、死ぬぅ！　性格最悪な剣に殺されるぅーーー！」

もう心臓がバクンバクンしてるんですけどぉ⁉

ねぇムラマサくん、ドラゴンと出会ってからが本番なんだよ⁉　わかってる⁉

――魂ィィィイイイイ！――

「信頼じゃねえよ心配しろよ⁉」

――器、頑丈！　体力、信頼ッ！――

いやまぁたしかに山登りダッシュしながら文句叫べるくらいの余裕はあるけどさぁ⁉

「くそっ、お前のせいでここ数週間はいつも全力バトルだったからな……おかげで鍛えられちまったよ……！

でも戦闘に回すべき体力はマジで余裕を持ったほうがいいと思うぞ？　何せ相手のデータがほとんど揃《そろ》ってないんだからな。ティアナさん曰《いわ》く、ドラゴンの中には呪法《じゅほう》を使ってくるヤツもいると聞く。ただ斬《き》りかかってるばかりじゃ搦《から》め手にやられるかもだぞ？　まずは相手がどんな技を使ってくるか見極めるために、逃げに徹する体力も必要だと思うわけだが……」

――器ッ、戦闘ッヤル気全開⁉　我、ウレシイ！――

「ってヤル気全開じゃないと今回は死ぬからだよッ⁉」

うぅ、俺の平和な脳細胞をこんなことに使うなんて不本意だ。本当はバトルする気なんて一切《いっさい》ゼロなんだけどなぁ……。

――ウレシイ、ウレシイ！――

ともかく今回は俺の意見が合理的だと思ったのか、ムラマサは足の速さを緩めてくれた。

何気に初めて言うことを聞いてくれた気がするな。今なら別の要求も通るか？

「なぁムラマサ、俺ってばお前の器として雑魚《ざこ》だと思うんだよ。だからさ、この戦いが終わったら別れようぜ？」

――嫌。貴様、一生我ノ物――

「って嫌だよそんなのッ⁉」

お前みたいなのと一生一緒とか地獄すぎるだろ！

くそっ、いつか絶対に引っぺがしてやるからなぁ……⁉

「いいかぁ戦闘大好きソード？　俺はバトルが嫌いなんだよ。そんな疲れることするより恋愛とかしたいんだよ。それで将来的には甲斐甲斐しい嫁さんをもらって赤ちゃんとかつくってだなぁ」

――……達成シテル……――

「はぇ？」

何を言ってるんだろうかムラマサくんは……？　俺なんてキスもまだな非モテ野郎なのに。

「おい、それってどういう……」

かくして、俺が鬼畜ソードの謎発言を追及しようとした――その時。

『ガァァァァァァアアアアアアアアアーーーーーーッ！』

暴力的な大爆音が、山頂のほうより響き渡った。

そして、巨大なる黒影が舞い降りる。

「……はぇぇ？」

村にあった爪痕《つめあと》から、おっきいというのはわかっていた。

だが、これは……。

「デカすぎるだろ……！」

全長・三百メートルを超える黒龍《こくりゅう》が、真っ赤な瞳《ひとみ》で俺を見下ろしてきた……！

『ガァァアアアアアアアッーーーー！』

ひええっ⁉　〝よくも縄張りに入ったな！〟って感じで怒ってらっしゃる⁉

ム、ムラマサさん、コレって倒せるんですかねぇ!?
――可能!――
お、マジで!?
――……器、一年修行スレバ、可能……――
ってそれじゃダメじゃないかよぉおおおおおおーーーーーーーーーー!?

クロウくん死すーーー!
ここまでのご愛読ありがとうございました!!!!
※続きます。

――その黒影の出現に、麓《ふもと》にいたティアナは絶句する。

「嘘《うそ》、でしょ……」

通常、龍種《りゅうしゅ》の大きさは百メートル前後とされている。

だが、あの巨龍の全長はどう見積もっても三百メートル以上。

約三倍もの大きさだ。あまりにも規格外がすぎる。

「あ、あの大きさに加えて、黒い鱗《うろこ》って、まさか『七大災禍《さいか》』の……！」

ティアナの脳裏に最悪の名が過《よぎ》る。

――魔物の出現より千年。その歴史上において討伐《とうばつ》不可能と断定され、封印された七体の存在がいた。

そのモノらこそ『七大災禍』。かつての魔導騎士たちが何百人と命を捧《ささ》げ、ようやく封じることができたという化け物たちだ。

「間違いない……アレは怪物共の一匹、『天滅のニーズホッグ』ッ！　なんでそんなヤツがここにいるのよ⁉」

もはや意味がわからなかった。

徒《いたずら》に封印が解かれることのないよう、『七大災禍』の封じられた場所は王のみしか知らないものとされている。

「まさか帝王陛下は、クロウにぶつけるためにあの龍の封印を……って、それは流石《さすが》にありえないわよね……？　あんなのを自由にさせたら、自分たちまで死にかねないもの……」

ならばあの黒龍《こくりゅう》は、ニーズホッグとは別個体の存在か？　あるいは本当に王がそこまで馬鹿《ばか》だったということだろうか？

……どれだけ考えようが真相は不明だ。何にせよ、アレを倒さない限り、クロウ・タイタスに生き残る道はない。

「お願いクロウ……死なないで……！」

ティアナはただただ、彼の無事を祈るしかなかった――。

◆◇◆

（おぎゃあああああああああああああ!!!!　やばいやばいやばいやばいやばいよおおおおおおおおおおおおおおおおお!!!!）

クソでかドラゴンと対峙《たいじ》してから一分。俺はひたすら、山の斜面を駆《か》けまわっていた……！

上がったり下ったり岩の上を跳《は》ねたり、生えていた枯れ木に鎖を放って飛びついたり、一瞬たりとも休むことなくルナ山脈をダッシュする。

なお、もしも少しでも足を緩めようものなら……、

『ガァァアアッ！』

ズシャァアアッ！　という轟音《ごうおん》と共に、さっきまでいた地面が抉《えぐ》れ飛んだ。

クソでかドラゴンがでかすぎる爪《つめ》で引っ掻《か》いてきたのだ。ヤツは低空飛行をしながら俺を執拗《しつよう》に狙《ねら》ってくる。

『ギシャッ、グガァアアァアッ！』

苛々《いらいら》しつつもちょっと楽しそうに追いかけてくるクソドラさん。

ああ、猫に追い回されるゴキブリになった気分だ……。もはや恐怖で表情は固まりっぱなしだよ。

酸素が無駄になるから無言でいるが、できることなら叫び散らしたい気分だチクショウ。

（お、おいムラマサ、このままで本当に大丈夫なのか⁉）

鞘《さや》に納まったままの鬼畜ソードに問いかける。

今現在の逃げ一択の行動は、俺だけじゃなくムラマサの選択でもあった。

操《あやつ》り手と操り人形（※悲しいことに俺）の思惑が一致したおかげか、ずいぶん身体《からだ》が軽く感じる。

それでどうにか逃げ切れてるが……、

（なぁおいっ、このままじゃジリ貧になるんじゃ……！）

――魂、魂、魂……発見ッ！――

そこでムラマサがいきなり叫んだ。

一体どうしたのかと思いきや、駆けていた先に大猿の魔物を発見する。

『ウキャーッ⁉』

全力ダッシュする俺と、その後を追う黒龍にめちゃビックリするおサルさん（ごめんね）。

たしか『ショウジョウ』とかいう魔物だったたか。ただでさえドラゴンに追い詰められている状況なのに、ムラマサのヤツどうして別の敵に駆けていくんだよ……⁉

――そう疑問に思った瞬間、初めて鞘に手が掛けられた。

（え⁉）

そして、一閃《いっせん》。力強い踏み込みと共に、おサルさんを腰から真っ二つにした！

その結果、

『ウキャァアァッ⁉』

『――グギュァッ⁉』

俺を追っていた龍の目頭に、猿の胴体とその鮮血が飛び散った――！

それによって隙《すき》が生まれる。遊び半分だっただけにドラゴンはもろに目潰《めつぶ》しを受けてしまい、大きくその場で悶《もだ》え狂う。

（ってムラマサのヤツ、これを狙ってたのかよ⁉）

マジで戦闘面にかけちゃ有能だなコイツ！

俺の身体を滅茶苦茶《めちゃくちゃ》にして欲望を満たすことしか考えてない鬼畜ソードだが、バトルの時だけは本当に頼りになりやがる。

――反撃、開始ッ！――

俺は身体を翻《ひるがえ》すと、黒龍に向かって飛び掛かった――！

『ガァァアアアーーーーッ⁉』

「オォォォォオオオオッ！」

黒龍の背中に飛び乗り、ひたすら滅多《めった》刺しにしていく！

ドラゴンの鱗は凄《すさ》まじく硬い。されど切っ先をブチ込みまくることで、ついに鮮血が噴き出し始めた。

『グゥウウウッ！』

俺のことを振り落とさんと錐揉《きりも》み回転するドラゴン。

だが無駄だ。それに先んじて、左袖《ひだりそで》から鎖の兵装『黒拷縛鎖《こくごうばくさ》アイトーン』が飛び出した。

無限に伸びる黒き鎖錠はドラゴンの首に絡《から》みつき、騎乗兵の如《ごと》く俺をその場に留《とど》まらせる。

さらに上着から短刀の兵装『黒血染刃《こっけつせんじん》ダインスレイブ』が飛び出し、ムラマサが付けた傷口に潜り込んだ。

黒き刃に吸い込まれていく龍の鮮血。それと同時に、俺の身体の奥底から力が湧き出る。

これがダインスレイブの力。敵の流血を使い手の活力に変えることができるのだ。

『グゥウゥウウゥッ……！』

龍の唸《うな》り声の質が変わる。

どうやら認識を改めたようだ。今までの俺は害虫扱いだったが、いよいよ『自分を殺し得る敵』と認定したらしい。本気の殺意が背中越しに吹き荒れた。

（あのぉドラゴンさん！　ちなみに俺自身は、実は何もしてないからね⁉　動きは全部ムラマサが操作してるし、鎖も短刀も武器が勝手に飛び出しただけだからね⁉）

だからあんまり俺のことは怒らないでください！　子供のやったことだと思って大人しく死んでくれると嬉《うれ》しいですッッッ！

――という願いが叶《かな》うわけもなく、ギョロッと瞳《ひとみ》を背中に向けて俺を睨《にら》むドラゴンさん。

ちょ、超こええよぉおおおーーーーー！

（ムラマサッ、早く仕留めてくれ！　こんなやつといつまでも戦ってられないだろ⁉）

――是！　即刻抹殺！――

今の一方的な戦況は奇跡だ。上手《うま》く目潰しが決まったことで、爪の届かないポジションを取れたからこそ攻め続けられている。

されどこんな状況がいつまでも続くわけがない。そう理解したムラマサは、ホルスターから大口径の銃型兵装『黒業死銃《こくごうしじゅう》アーラシュ』を引き抜いた。

反動はでかいし俺を自殺に追い込もうとする劇物だが、威力だけは最強だ。

ソレを龍の背中に突き付け、引き金を引こうとした――その時。

『ガァアアアアアアアアアアーーーーーーーッ！』

咆哮《ほうこう》と共に、黒龍が大きく飛翔《ひしょう》した——！

一度の羽ばたきで数百メートル以上翔《か》け、二度目の羽ばたきで雲の近くまで浮き上がる。

その圧倒的な加速度により、俺の身体は空気の壁に叩《たた》きつけられた……！

「ぐッ、がァあぁ⁉」

全身の骨が罅割《ひびわ》れる。肉がひしゃげ、毛細血管が千切《ちぎ》れ、皮膚の奥底で内臓が一気にずれていく。

両目の下から鮮血が噴き、俺の視界は真《ま》っ赤《か》に染まった……。

（なっ、え……？）

まさに、一瞬の出来事だった。

ドラゴンがただ『全力で羽ばたいた』というだけで、鎖によって組み付いていた俺は肉塊《にくかい》になった。

それほどまでに生物としての性能が違いすぎる。絶対に敵《かな》わない存在に挑んでしまったことを、身をもって理解させられた……。

——器⁉——

魂に響くムラマサの叫び。

あぁ、こんなに心配そうな声は初めて聴いたなぁ。普段から俺のことを大事にしてくれたらいいのに。

ぼんやりと、そんなことを考えながら——俺の地獄が始まった。

『グガァァアアァァァァァッァーーーーーーーーーーーーッ！』

歯向かった俺を天の王者は許さない。

黒龍は吼《ほ》え叫ぶと、出鱈目《でたらめ》な軌道での超高速飛行を開始した――！

「ぐぉおおおォォォオオ⁉」

〝加速度〟という名の凶器が乱舞する。

再び空気が激突し、矢面《やおもて》となった顔面の骨が砕け散った。

内臓の耐久度が限界を迎え、皮膚の下から水風船が弾《はじ》けたような音が響く。

その壮絶なる致命傷に意識が飛ぶも、別の臓器が爆《は》ぜた痛みで無理やりに叩き起こされる。

さらに黒龍が無理やり軌道を変えるたび、鎖と龍を繋《つな》いでいる左肩から激痛が走った。文字通り、肉と関節を滅茶苦茶に引き伸ばされているのだ。

そして、

『ガァァァアアアアッ！』

どこかに向かって龍が急降下を始めた瞬間、ナニカがプツプツッと切れていく音が響き……、

（ぁ――）

左肩の痛みがなぜか消え、俺の視界は真っ暗になった。

第三十四話　不屈

（う――――うぇぇぇぇぇぇぇぇんっ、全身痛いよぉぉぉぉぉおおおおおおぉぉおおおおおおーーーーー！）


――結論から言うと、俺は生きていた。

ドラゴンと繋《つな》がったまま滅茶苦茶《めちゃくちゃ》に振り回された後のこと。気付けば俺は、どこかの民家に落下していた。

天井《てんじょう》を突き破ってのダイナミック侵入だ。お留守っぽい家主さん、ごめんねー。


（うぐぅ……俺は、たしか……）


途切れ途切れの記憶を振り返る。

ドラゴンが急降下を始めた途中で、なぜかアイツから離脱することができた。

それで落下する途中、地面に向かって『黒業死銃《こくごうしじゅう》アーラシュ』のビームをぶっ放して落下の勢いを殺したんだったたか。

まぁそれでも勢いよく落ちることになったが、ダインスレイブで強化状態になってたことが幸いしたようだ。アレがなかったら、ドラゴンに振り回されている時点で死んでたかもだな……。

（と、とりあえず起きますかぁ……！）

いつまでもへばっている場合じゃない。幸いドラゴンから離れることができたみたいだし、今のうちに治療を……って、あれ？

起き上がろうとしたその時、なぜか身体《からだ》が右に倒れた。ふらついたわけじゃなく、重心自体がおかしいんだ。

……それに全身が痛いのに、なぜか左腕だけは痛みを発さない。

（ま、まさ、か……？）

そこで俺は、初めて自分の身体を見下ろした。

そして気付く。

（ひ――左腕、千切《ちぎ》れてるやんけえええええええええええええ――――――――――!?）

瞬間、左肩近くの断面から激痛が噴き出す！

グチャグチャになった全身よりもなお酷《ひど》い『神経の千切れた痛み』が、電流となって脳を焦《こ》がす――！

「ぐぅうううッ!?」

痛い痛い痛い痛い痛い！

焼き焦がされるように断面が熱い。噛《か》み締めた奥歯に罅《ひび》が入る。意識をさっさと失いたいほど痛いのに、四肢《しし》欠損の激痛は失神すらも許してくれない。


――……器……！――


胸から響くムラマサの声。だが、それはどこか遠いものだった。

そういえば思い出したよ……。

左腕が千切れる直前、右手の刃を黒龍《こくりゅう》に突き刺し、左手に握っていた黒業死銃《こくごうしじゅう》を空いた片手に投げたんだったな。そのおかげで落下の勢いを殺すのに使うことができた。

ナイス判断だ俺……って、そんな咄嗟《とっさ》の動きが俺にできるわけないか。

痛みで記憶もあやふやだが、ムラマサがやってくれたんだよな。ありがとよ……。

（くそ、死ぬ……このままじゃ、マジで死ぬ……！）

頼むから早く誰か来てくれと、俺は勝手にも助けを願った。

幸いにもここはどこかの集落みたいだ。突然落ちてきた身で図々《ずうずう》しいが、さっさと誰か駆けつけてくれよ……！

――そう希望した瞬間のことだった。外からざわざわと、人々の声が響いてきた。

（た、助かった！）

みんな驚いているのだろう。「空から何かがッ」と、落ちてきた俺のことについて騒いでいる。

彼らには後でたくさん謝ろう。この家の持ち主さんにもごめんなさいだ。

だから早く助けてくれよと、俺が大声を上げようとした――その時。

「空から――空からドラゴンが迫ってくるぞぉおおおおおおーーーーーーーーーーー！」

――そして、豪風が吹き荒れる。

人々の絶叫と共に壁が吹き飛び、俺の身体は転がされた。

もはや全身が痛すぎて転がった痛みくらいなんともない。そんなことよりも、俺は剝《む》き出しになった外の景色に釘《くぎ》付けとなった。

『ガァァァァァァア……！』

翼を広げた黒龍が、俺のほうを睨《にら》んでいたのだ……！

ヤツは、俺を逃がす気など一切《いっさい》なかった。己《おの》が手で直接ぶっ殺すためにここまで追ってきたのだ。

（はは……でかいくせに、みみっちすぎるだろ……）

ただでさえ死にそうな状態なのに、アレを倒さなきゃ生き残れないだと？


（……無理だ）

俺の心は、絶望に染まった。

◆◇◆

「終わったなァ」

玉座の間にて、黒魔導組織が首領・ヴォーティガンは呟《つぶや》いた。

今、彼の視界は宮殿内ではなく一人の男を映していた。

ぼろ雑巾《ぞうきん》のように全身が裂け、左腕を失った黒髪の男・クロウ。

彼が死にゆく哀《あわ》れな姿を、ヴォーティガンは龍《りゅう》の感覚器官を借りて観察していた。

「ハッ……流石《さすが》は『天滅のニーズホッグ』。例の小僧も、我らが解き放ったあの龍には敵《かな》わんか」

クツクツと嗤《わら》うヴォーティガン。無造作に伸びた顎髭《あごひげ》を撫《な》でながら、「わりぃな小僧」と呟いた。

ああ、もはやあの状況を覆《くつがえ》す手などない。クロウ・タイタスの心は完全に折れ切っているはずだ。

民衆たちの悲鳴を聞きながら、ヴォーティガンは消化試合をゆったりと見守る。

「さぁ、これで計画の邪魔は一つ減った。次こそは『白刃《はくじん》のアイリス』の無力化を……」

彼が思案に耽《ふけ》ろうとした――その時。

「……は？」

クロウ・タイタスが、ゆっくりと立ち上がり始めた。

ふらつきながらも着実に……弱々しくも雄々《おお》しく。身も心も既《すで》に終わっているはずの男が、再起を果たす……！

「は……は……？」

かくして、一歩。また一歩。ヴォーティガンが呆《ほう》ける間に、男は歩む。

逃げ惑《まど》う民衆たちとは逆方向に……そんな彼らを庇《かば》うようにして、クロウ・タイタスは黒龍の前に歩み出た。

そして、

『民衆たちは傷付けさせん。俺が、相手だ……！』

「ツッツッ――!?」

堂々と響く守護の宣誓。血濡《ぬ》れた姿でなお頼もしき、クロウの鮮烈なる姿。

それらを前に、

「あ、あ……！」

ヴォーティガンの胸に、撃ち抜かれたような衝撃が奔《はし》った――。

第三十五話

殺意の咆哮《ほうこう》

集落は惨憺《さんたん》たる有様《ありさま》となっていた。

ただ黒龍《こくりゅう》が舞い降りただけで、凄《すさ》まじい衝撃波が発生。

それによって数多《あまた》の民家が崩れ、吹き飛んだ破片と塵埃《じんあい》が立ち込めていた。

そんな状況の中、片腕を失って倒れている俺は、絶望の闇《やみ》に囚《とら》われていた俺は……ふと思った。

なんだか腹が立ってきたな、と。


――器！　逃走、ヲ！――

（黙れ）

――!?!?!?!?――


馬鹿《ばか》なことを言うなよムラマサ。

とっくに逃げられる状況じゃないし、何より今は……逃げたい気持ちがまったく湧き上がらないんだよ。

『ガァァァアアアアアーッ！』

（うざ……）

ドラゴンの咆哮が耳障《みみざわ》りに感じる。

さっきまでは死ぬほど怖く思っていたが、どうせ俺はもう死ぬからな。一度絶望しきったおかげか恐怖をまるで感じない。

それよりも、俺の心にあるのは怒りだ。

（……なぜ俺が、こんな辛《つら》い目に遭わなきゃいけないんだ？）

片腕を失《な》くし、全身は裂け、腹の中の感覚はもう滅茶苦茶《めちゃくちゃ》だ。

ムラマサのせいで無駄に暴れて目立った結果、王族の命令により、ドラゴンと戦って死ぬことになってしまった。

（ああ、どうしてこうなってしまったのか。どうして俺は辛い目に遭っている？）

どいつが一番悪いのかと考えたら、やはり元凶のムラマサか？　——違うだろう。

奴《やつ》との出会いは偶然だ。そしてアイツに悪意はなく、ただ自分の食欲を満たしたがっているだけだ。

じゃあ、直接殺しに来ているドラゴンが悪いのか？　——それも違うだろう。

奴が激怒している原因は、俺が縄張りに入ってしまったことだ。致命傷を負わされた恨《うら》みはあるが、奴とは本来無関係でいられたはずなんだ。

ならば、

（最も悪《あ》しきは宰相と王族か。善《よ》し、わかった）


――殺そう。死ぬ前に奴らをブチ殺してやろう。

それを邪魔する者も含めて、一匹残らず惨殺《ざんさつ》してやる。


（ムラマサや黒龍とは違い、連中の指令には明らかなる『害意』があった……。よくも、この俺を、傷付けようと思ってくれたな……？）


怒りと共に立ち上がっていく。

左腕が欠けたせいでふらつくが、その隙《すき》に黒龍が攻めてくることはなかった。

『グ、ガァ……！』

奴は酷《ひど》く警戒していた。

俺が五体満足だった頃よりも、注意深く瞳《ひとみ》を光らせていた。

（あぁ、それで正解だよ黒龍。――お前を殺せるだけの手は、既に揃っているからな）

塵埃の中より姿を現し、俺自身の意思で黒龍に歩み寄る。

ドラゴンから逃げていく民衆たちとは逆に、殺意を以《も》って接敵する。

（俺を虐《しいた》げたお前も殺す。お前を殺してでも王族共を殺す……！　たとえこの場限りでも、殺すために生き抜いてやる……！）

死にかけているせいか思考が変だ。こんなに怒っているのは初めてだ。

だから今だけは、自己保身のためじゃなく嫌がらせするために演技しよう。

――下劣な王族共に当てつけるよう、『悪を赦《ゆる》さぬ断罪者』として鮮烈に戦ってやろう。

奴らの耳にも届くよう、俺の雄姿を人々に見せつけてやろう――！


「民衆たちは傷付けさせん。俺が、相手だ……！」


過去最大に凛々《りり》しい顔で、龍《りゅう》の前へと立ちはだかる。

さぁ、

（力を貸せ、ムラマサッ！）

――ッ、御意！――

殺意を合わせて地を蹴った！　地面が砕けるほどの力で一気にドラゴンへと踏み込む――！

『ガァッ⁉』

虫の息であるはずの俺の加速に、黒龍が戸惑《とまど》いの意思を見せた。

そんな身体《からだ》でどうして動けるのかと。

（俺は魔剣に呪《のろ》われた身だ。離れていようが繋《つな》がりは切れず、生きてる限りはムラマサが俺を操《あやつ》ってくれる！）

魔剣によって突き動かされながら、俺は右手の銃を構えた。

「滅ぶがいいッ！」

大口径銃『黒業死銃《こくごうしじゅう》アーラシュ』を突き付け、零距離《ゼロ》射撃を実行する。

その砲身から破壊光が放たれんとした刹那《せつな》、黒龍は素早く舞い上がった。奴が初めて回避行動を見せた瞬間だ。

狙《ねら》いを外した破壊光は村の外の森にまで延び、何百本もの木々を焼き焦《こ》がした。本当に恐るべき威力だな。

（ドラゴン。お前が俺を本気で殺そうとしたのも、コイツを撃とうとした時だったな？　つまりは至近距離でブッぱなせば、お前にも効くってわけだ）

それと、だ。超破壊力の代わりに使用者に死を迫るアーラシュだが、その前兆は一切《いっさい》なかった。

当然だよなぁ？

（満足してるんだろうアーラシュ？　何せ今の俺は、いつ死んでもおかしくない状態だもんなァ!?）

〝美青年主君四肢欠損内臓破裂出血多量全身骨折ッ！　嗚呼《アア》ァ尊尊尊ッ！　散華散華ェェエエーーーーッ！〟

絶頂の叫びが銃から響く。

瀕死《ひんし》の身体で死闘に挑む俺に対して、大興奮しているらしい。

よしいいぞクソ野郎。好きなだけ俺の死体《カラダ》に欲情しろ。その代わり、全力で俺に従いやがれッ！

『ガァアアアアアアアアアーーーーーッ！』

怒りの咆哮が天より響く。

浮かび上がった黒龍の両翼から、二つの呪法陣《じゅほう》が現れた。

まるで巨大な目玉のようだ。それらは地上の俺に照準を合わせると、濃密な魔力を収束し始めた。

「ああ――翼を起点に、風の呪法を使う気だろう？　知っているさ」

――次の瞬間、龍の翼へと『鋼《はがね》の雨』が降り注《そそ》ぐ。

ソレらは薄い翼膜を貫き、四十七もの穴を開けた――！

『グガァァアアッ⁉』

驚愕《きょうがく》と激痛に吼《ほ》える黒龍。両翼が傷付いたことで呪法陣が霧散し、放たれんとしていた暴風が無作為に吹き荒れた。自身の風に弄《もてあそ》ばれ、奴の巨体が墜《お》ちていく。笑えるな。

「ドラゴンが呪法を使うことは聞いていた。後はソイツがどんなモノか特定するだけだが、少し考えればすぐわかる。

――お前みたいな駄肉の塊《かたまり》が、素早く飛べるわけがないとなァ……！」

つまり黒龍の呪法は『風力発生』。羽搏《はばた》く力を暴風により強化することで、あの巨体での高速飛行を可能にしていたわけだ。

(仕掛けがわかれば対処は簡単だ。種《タネ》の出所を、潰《つぶ》せばいい……！)

俺の周囲に四十七の黒き短刀・『黒血染刃《こっけつせんじん》ダインスレイブ』たちが舞い降りる。

黒龍の翼をズタズタにしたのはコイツらだ。今や吸血刃の群れは、空を泳ぐことが可能になっていた。

(助かったぞ、ダインスレイブ。俺の左肩の血を止めてくれたのは、お前だろう?)

〝ヒェッ……!〟

なぜかキョドってる吸血刃が可愛《かわい》い。コイツは命の恩人だ。

――そう。俺の左肩の切断面からは、なぜかほとんど血が出てなかった。どういうわけか流血が抑えられていたのだ。

それに気付いて思い出したさ。

(ダインスレイブの元の持ち主は、血液を巨大な刃にして飛ばしてきた。

つまりコイツは吸った血を主《あるじ》の活力に変えるだけじゃなく、ある程度操れるってわけだ)

刃にして飛ばすことが可能なら、刀身に纏《まと》わせて『浮け』と命じることもまた可能。

そう判断した俺は、塵埃の中から歩み出るタイミングで、上着の内側より全てのダインスレイブを解き放っていた。

そして俺へと注目が集まっている間に、上空へと刃の群れを移動。ここぞという時の奇襲に使わせてもらった。

『グゥゥガァァアアアーーーーッ!』

怒りを爆発させる黒龍。このまま落下してなるものかと羽搏こうとするが、無駄だ。

「――遠隔起動、『黒拷縛鎖《こくごうばくさ》アイトーン』」

〝ハハァ!〟

瞬間、龍の首に巻き付いたままとなっていた鎖が蠢《うごめ》く。

その長さが一気に伸び、奴の両翼へと絡《から》み付いていった――――！

『ガァアアアアッ⁉』

ありがとうなアイトーン。

完全に抑え込むのは無理みたいだが、少しでも羽搏くのを遅くできたら御《おん》の字だよ。

だってほら、そのおかげでドラゴンは。

「もはや無様《ぶざま》に墜ちるだけだ」

かくして次瞬、特大の爆音を立てて黒龍が地に落下した。

奴の血肉が弾《はじ》け飛び、雨のように降り注ぐ。

『ギゲェエエエエェェエエエエッ⁉』

村中に響く苦悶《くもん》の絶叫。

何十トンあるかもわからない身で墜ちたのだ、間違いなく内臓までもがグチャグチャだろう。

これで俺たちお揃《そろ》いになれたな？

『ガ、ァアア！』

悶《もだ》え苦しむ黒龍だが、それでも奴は闘志を保っていた。最後の意地とばかりに、凶悪なる裂爪《れっそう》を俺に振り上げる。

ああ、

「ちゃんと腕も千切《ちぎ》らないとな」

恐れることなく魔銃を放った。

射出された破壊光は奴の腕を引き千切《ちぎ》り、大量の鮮血を溢《あふ》れさせた。

『グギュィイイイイイイイイッ⁉』

激痛に身悶《みもだ》える哀《あわ》れなドラゴン。

奴が大きく身体を痙攣《けいれん》させた瞬間、背に刺さっていたムラマサが抜け飛んだ。

それはまるで運命のように、俺の下へと突き刺さる。

「おかえり、妖刀」

刀を手にして黒龍に近寄る。

もはや痛みで動くこともできないようだ。一歩、一歩と歩むたびに、猛々《たけだけ》しかったドラゴンの表情が歪《ゆが》んでいく。恐怖によって引き攣《つ》っていく。

『ガァアアアアァッ……⁉』

奴の瞳に反射する漆黒《しっこく》の刃。

――『黒妖殲刃《こくようせんじん》ムラマサ』。俺の人生を変えた最悪の魔剣だ。

色々と気に食わないゴミみたいなパートナーだが……一つだけ、気に入ってるところがあるんだよ。

（お前って、見た目だけはカッコいいよなぁ）

そして——さくり、と。

俺はムラマサを構えると、ドラゴンの眼球に突き入れた。

柄《つか》を通り越して肘《ひじ》までねじ込み、そのままぐるりと捻《ひね》った瞬間、

『ガッ、ァアァァアアアアアアアアアーーーーーーーーーーーッ⁉』

眼球の奥で、脳がぐちゅりと崩壊した。

それと同時に上がる悲鳴。黒龍は断末魔を上げながら悶え続け……、

『ア、アァ——』

ついに、絶命したのだった——。


「フッ……」


俺は刃を引き抜くと、天高らかに突き上げた。

視線を遠く周囲にやれば、村の外れにはこちらを呆然《ぼうぜん》と見る民衆たちが。

気配だけでわかっていたさ。闇雲《やみくも》に逃げていた彼らだが、その足は途中で止まっていた。

なにせドラゴンがまったく追ってこず、振り返れば魔導騎士により圧倒されていたんだからな。

さぁ、彼らに言い放ってやろう。

王族共に邪魔と思われた俺が、何の血筋も持たない俺が、国の伝説となるように。人々の心に刻《きざ》

まれるように。

（見た目だけは、格好《カッコ》よく）

どこまでも雄々《おお》しく、『断罪者』として振る舞ってやろう。

「――悪よ、滅びろ。このクロウ・タイタスがいる限り、帝国の平和は揺るがせないッ！」

武器たちの反応

呪い装備ズ（（（う、器さん⁉⁉）））

第三十六話

次なる魔の手

「なっ……『天滅のニーズホッグ』を、倒しただと……!?」

黒魔導組織『黒芒嚮団《こくぼうきょうだん》ヴァンプルギス』が首領・ヴォーティガンは絶句した。

玉座の上で震え上がる。〝何なんだ、あの男は〟と。

「クロウ・タイタス……！　優秀な騎士だとは思っていたが、まさか、こんな……！」

相手は神話の邪龍《じゃりゅう》だぞ？　『七大災禍《さいか》』と謳《うた》われた強敵だぞ？　大昔の魔導騎士たちが、命を捨てても封印することしか叶《かな》わなかった存在なんだぞ？　これからの計画の要《かなめ》なんだぞ？

それをお前は、どうして倒してくれてるんだよ……。

「さ……最初は圧倒されていたはずだ。ニーズホッグから逃げ惑《まど》うしかなかった。小細工を使って反撃に転じた後も、すぐさま半殺しにされていた……」

全身を挽《ひ》き肉にされ、片腕を失い、そのままどこかの集落へと落下したクロウ。

その時点でヴォーティガンは勝ちを確信した。あの傷では、もはや黒龍《こくりゅう》がとどめを刺すまでもなく死ぬだろうと思っていた。

だが、

「あそこからだ……瀕死《ひんし》の身体《からだ》になってから、ヤツの戦闘力が跳《は》ね上がった……！」

そして幕開ける虐殺劇《ぎゃくさつげき》。

伝説の邪龍が嘘《うそ》のように弄《もてあそ》ばれた。すべての挙動を叩《たた》き潰《つぶ》され、一方的に命を摘まれた。

あの時のクロウはまさに死神。黒龍の視界を借りていただけに、ヴォーティガンの感じた脅威は計り知れなかった。

筋骨隆々とした腕が、情けなくも恐ろしさで震える。


「ハハッ……クロウよ、オレぁお前さんが憎らしい。おかげで二十年間も練り続けてきた、帝国の連中を苦しめまくる計画が狂っちまったよ。だが……くく、なるほどなぁ……！」


ヴォーティガンは小さく笑う。

テロ組織の王としてでなく――かつて、『レムリア帝国の王になるはずだった者』として。

「――民衆たちを守るために力を発揮するとは、カッコいいじゃねぇかよクロウ！」

彼は堪《たま》らず破顔すると、心からの賞賛を贈った――！

そう。盤面が狂ってしまったのは、偶然にもクロウ・タイタスが小さな集落に落下してしまったからだ。あそこで運命が変わってしまったのだとヴォーティガンは確信する。

「龍が飛来し、民衆たちの逃げ惑う声が響いてからだ。あそこからあの坊主《ぼうず》は、恐ろしいほどの変貌《へんぼう》を遂げやがった……！」

人々の叫びに応《こた》え、クロウ・タイタスは立ち上がった。

そして放たれた雄々《おお》しき宣誓。『絶対に人々を守り抜く』という騎士としての誓い。

それと同時に溢《あふ》れた殺意は、まさに正義の心の表れだった。

「半死半生の身だろうが関係ない。誰かを守るためならば、修羅《しゅら》へと覚醒《かくせい》できる男か……！」

悪を赦《ゆる》さぬ断罪者、クロウ。

かの若者に対し、黒魔導の王は尊敬の念を抱いた。彼にならば裁かれてもいいと、嘘偽りなく思ってしまった。


――なお。実際にはクロウに守護の気持ちなど一切《いっさい》ないのだが。

ただ単純にブチ切れまくって鬼と化しただけなのだが、ヴォーティガンには彼が最高の騎士にしか見えない。

〝自分という魔王に対し、時代は勇者を輩出したか〟と的外れな妄想《もうそう》に酔い痴《し》れていた。

「ククク ッ……いいぞクロウ、近いうちに顔を合わせよう。そろそろオレも、舞台に上がってやろうじゃねえか……！」

対峙《たいじ》する瞬間を心待ちにするヴォーティガン。

彼は顎髭《あごひげ》を撫《な》でながら、「だがその前に」と言葉を続け……、

「――生き残ってみせろや、クロウ。あのクソビビりな帝王は、ある意味オレより恐ろしいぜ……？」

◆　◇　◆

「クロウーーーーっ！」

雑木林の中をティアナは駆ける。己《おの》が魔導兵装の力により、常人を遥《はる》かに超える速度で突き進んでいく。

「どうかお願いッ、無事でいて！」

クロウ・タイタスがドラゴンを倒したらしきことは知っていた。

彼は念のため、宰相よりいただいた任務書をティアナに預けていたのだ。戦闘に巻き込まれて破れないように、と。

その書物には呪法《じゅほう》によって、任務の達成印が浮かび上がっていた。それにより勝敗を知ることができたのだ。

「クロウッ、クロウ……！」

涙ながらに彼が落ちたほうへと駆ける。

ティアナが最後に見たクロウの姿は、黒龍により滅茶苦茶《めちゃくちゃ》に身体を振り回された挙句《あげく》、左腕が千切《ちぎ》れて空から落下していくところだった。

そこからどのように逆転したのかは知らない。だが勝利したにせよ、間違いなくクロウは死にかけているはず。

「はぁっ、はぁっ！　クロウっ……！」

泣きながら走り続けるティアナ。

――やがて雑木林を抜けた先に、荒れ果てた村が見えてきた。

その中央には横たわるドラゴンと、民衆たちに崇《あが》められる初恋の男の姿が……！

「クロウッ！」

少女の顔がぱぁっと華やぐ。泣き濡《ぬ》れた顔に笑顔が花咲く。

彼の無事を知ったティアナは、大きく手を振りながら駆けた。

あぁよかった、怪我《けが》は酷《ひど》いけどちゃんと生きてる。頑張って村人たちを守ったのねと、喜びと尊敬の思いを胸に。

そして。


『――クロウ・タイタス。悪いが貴様を、消させてもらう』


試練を乗り越えた男の周囲を、仮面の者たちが取り囲んだ。

彼らが手にした魔導兵装の数々。それを見た瞬間、村人たちがわっと悲鳴を上げながら逃げていく。

「なっ、あいつらは……!?」

クロウを取り囲んだ謎の集団。彼らの存在を、貴族家の娘たるティアナは秘《ひそ》かに知っていた。

「王族直属の暗殺部隊――『マスカレイド』共じゃないのッ!?」

曰《いわ》く、彼らこそ王族の真なる切り札。

帝国暗部に巣食う闇《やみ》。殺人を許可された死神共だ。

滅多《めった》なことでは動かされず、よほどの不興を買わない限りは派遣されないものとされているが……。

（っ、そうか……！　もしもクロウが黒龍に勝ったら、貴族でも何でもない彼が一気に国の英雄になる上、王族たちは『新人一人に龍の討伐《とうばつ》を押し付けた』と批判されることになる……！）

クロウはただの新人ではないが、だとしても今回の依頼はあまりにも異常だ。

表に知られたら、誰がどう見てもクロウを消そうとしていたのだと思われることになる。

ゆえに、

「たとえクロウが龍に勝っても、その時は無理やり消すつもりだったってわけ……⁉　ふざけんじゃないわよ！」

怒りのままに突き進むティアナ。

させない、させない。させるものか。どうして頑張って試練を乗り越えた人間が、こんな目に遭わなければいけないのか。

もはや自分が弱いことなど忘れた。そんなくだらない現実はどうでもよかった。

ただひたすらに命懸けで、クロウに近づく『マスカレイド』の一人に飛び掛かる。

『なッ、貴様は⁉』

「『桃源雷甲《とうげんらいこう》グレイプル』――アタシに力をよこしやがれェッ！」

桃色のガントレットを握り締めると、ティアナは仮面の者の一人をブン殴った――！

その者の頭部に拳《こぶし》がめり込んだ瞬間、爆発したように頭蓋骨《ずがいこつ》が弾け飛ぶ。

「ふーッ、ふーッ……！」

手から滴《したた》る大量の鮮血。

それは敵のものだけでなく、砕けたティアナの手からも噴き出しているものだった。

――彼女の魔導兵装『桃源雷甲グレイプル』の能力は、〝己が体内電流の操作〟。

すなわち神経に流れる脳からの命令を操《あやつ》れるというものであり、それによってティアナは何倍もの筋力を発揮《はっき》させたのだ。

「くそ、がぁ……！」

ティアナの口から悪態が漏れる。

敵は一体仕留めたものの、それだけで片手が使えなくなってしまった。

ああ、下手をすればすぐこれだ。体内電流の操作など容易にできるわけがなく、発揮する力の量を誤まれば、すぐに身体がボロボロになる。

――それでも。

「……クロウ」

少女は静かに振り返る
そこには、初恋を捧《ささ》げた男・クロウが倒れ伏していた。

どうやら本当に限界だったようだ。仮面の男を殴り殺した時の拳圧で倒れてしまったらしい。

手元に転がった彼の黒刀が、心配そうに身を振動させていた。

「あはっ、魔剣から愛されるとか何なのよ、アナタは」

本当にとんでもない男だと思う。

いくつもの偉業を成した上に、あの『天滅のニーズホッグ』と思《おぼ》しき龍を倒した快挙。

もはや彼は伝説の人物だ。未《いま》だに魔物に苦しみ続ける人類にとって、希望の星と言っていい。

……だからこそ。

「どうかゆっくり寝てなさい、クロウ。――死んでもアナタを、守り抜くから……！」

視線を戻せば、十数人もの『マスカレイド』らが一斉に兵装を振り上げていた。

仮面の下で、彼らは伝説の武器の名を叫ぶ。手にした兵装から破壊の魔光が溢れ出していく。

『暗殺任務に支障が発生。これより、イレギュラーの排除に移る――！』

一斉に襲いかかる仮面の集団。それでもティアナは一切恐れず、真正面から彼らに突っ込む。

「……アタシの男にッ、手ぇ出すなぁあああーーーーッ！」

第三十七話

舞い降りる白刃《はくじん》

そして、ティアナは戦い続けた。

十数人もの暗殺集団『マスカレイド』を相手に、下級騎士の身で抗《あらが》い続けた。

「アァアアアアアア――ッ！」

血を吐きながら拳《こぶし》を振るう。肉を散らしながら蹴撃を放つ。

今やティアナは、命を燃やしながら闘っていた。

彼女の魔導兵装『桃源雷甲《とうげんらいこう》グレイプル』の異能は〝己《おの》が体内電流の操作〟。

それを極限まで引き出すことで、神経を暴走させて何十倍もの身体能力を発揮《はっき》していた。

「死ねェぇぇエッツッ！」

兇器《きょうき》となった四肢《しし》が暴れる。

あらゆる攻撃を必殺と変え、格上であるはずの仮面の敵たちと互角以上に渡り合う。

そして、

「アぐ……ッ⁉︎」

――限界の時が、訪れた。

心臓から激烈な衝撃が奔《はし》る。脈拍が殺人的に加速し、やがて急激に弱っていく。

痛む胸を押さえたところで、手首から先が砕けて潰《つぶ》れて肉塊《にくかい》になっていることに気付いた。

不意に立てなくなったと思えば、膝《ひざ》が千切《ちぎ》れて皮と神経だけで繋《つな》がっている状態になっていた。

「ク、ソッ、がァ……！」

全力以上の力を発揮し続けた代償《だいしょう》である。

加えて敵の攻撃も幾度となく食らったのだろう、身体《からだ》中には血を噴き散らす穴がいくつも空いていた。

それすら自覚できないほどに、全身の神経が死に絶えていた。


『障害の無力化を確認。これより抹殺《まっさつ》対象の排除に移る』


彼女が動きを止めたところで、容赦《ようしゃ》なくクロウを狙《ねら》う暗殺集団。

昏倒《こんとう》した彼へと敵の一人が駆け寄るが、

「ア、アタシのクロウにッ、触んなァッ！」

ティアナは身体を無理やり跳《は》ね上げ、近づく敵を引きずり倒した――！

さらに捥《も》げかけの足を振るって他の暗殺者を蹴り飛ばし、血を吐きながら咆哮《ほうこう》する。

「クロウはッ、龍《りゅう》を倒した英雄だッ！　この帝国の希望になる存在なんだッ！　そんな彼に、手を出すなァアア！」

『っ……！』

必死の形相で叫ぶ彼女に、仮面の者らが僅《わず》かにたじろぐ。

それは死を覚悟した者への恐怖からか。あるいはまったく別の理由か……。

いずれにせよ、暗殺者たちの逡巡《しゅんじゅん》は一瞬だった。


『……若き英雄に、勇気ある少女よ……双方ともに、排除する』


かくしてティアナの奮闘は終わった。

一斉に襲いかかるマスカレイドたち。彼らを迎撃できるような体力は、もはや少女には残っていなかった。

「や、ッ……」

既《すで》に感覚は死んでいた。攻撃を受けるまでもなく、ティアナは既に終わっていた。

――だとしても。

「や、ら……ッ！」

たとえ身体が朽《く》ちていても。

たとえ命が果てていようと。

だとしても、

「――やらせるかッ！　クロウのことは、アタシが守るッ！」

それでもティアナは立ち上がる。

兵装の力によって死んだ身体を無理やりに動かし、暗殺集団を前に構える。

『ッ、ならばせめてッ、苦しまずに逝《い》くがいい！』

そして迎えた終わりの時。

仮面の死神たちが、凶刃を一斉に振りかざした――その瞬間。


「よくぞ彼を守ってくれた。後は私に任せてくれ」

白き剣閃《けんせん》が、全ての敵を斬《き》り飛ばした――！


「え……!?」

大きく目を開くティアナ。

失血により薄れる意識の中、純白の剣を手にした女性が微笑《ほほえ》む。

ああ、彼女こそ最強の女騎士。現代における聖剣の担い手……！

「ア……アイリス・ゼヒレーテ様……！」

――最上級帝国魔導騎士『白刃《はくじん》のアイリス』。

終わりの結末を覆《くつがえ》す切り札が、少女の元に舞い降りた。

この日、下級騎士・ティアナの稼いだ僅かな時間は、帝国の運命を大きく変えていくのだった――。

第三十八話 苦悩の帝王

「アイリス、様……！」

名を呼びながら倒れるティアナを、アイリスは優しく抱き留めた。

ああ、柔らかな感触に涙がこぼれる。かの『白刃《はくじん》のアイリス』が助けに来てくれたことが夢ではなく現実なのだと、ようやく理解できた。

「なぜ、アナタがここに……？」

「あぁ、とある人物からクロウくんの危機を聞いてな」

訊《たず》ねるティアナに、アイリスは見たこともない青色のポーションを取り出しながら答える。

「安心するといい。――王族の中にも、まともな者はいるということだ」

◆◇◆

――そして、場所は変わり三日後。

レムリア帝国の玉座の間《ま》に、半狂乱の叫びが響いた。

「きッ、聞いてないぞ宰相ッ！　国内に現れたドラゴンが、『天滅のニーズホッグ』のことだったなどッ！」

髪を掻《か》き毟《むし》る初老の男。

彼こそは、レムリア帝国が支配者〝ジルソニア・フォン・レムリア〟その人であった。

「宰相よッ、儂《わし》に嘘《うそ》の報告をしたのか⁉」

喚《わめ》き散らす王へと、宰相であるスペルビオスは必死に頭を下げる。

「め、滅相《めっそう》もございません陛下ッ！　部下からは確かに、ただの龍《りゅう》だと聞いていたのですが……！」

王を怒らせた一件。それはクロウ・タイタスの抹殺《まっさつ》に用いた龍が、封印されているはずの『七大災禍《さいか》』が一体だと判明したからだ。

それがわかったのは全てが終わってからだった。

黒龍《こくりゅう》が舞い降りた村の住民たちが、復興の願い出と共に報告に訪れたのだ。

〝何百メートルもの龍に襲われましたが、クロウ様が討ってくださいました〟と。

それほど巨大な存在など『天滅のニーズホッグ』に他ならない。

かくして王は封印の地に赴き、そこでようやく禁忌《きんき》の龍を封じていた術式が人為的に壊されているのを知ったのだった。

「そんな強大な化け物、謀《はかりごと》に使うようなモノではない。全ての国力を投じてでも討たねばならない存在ではないか……！」

一歩間違えばどうなっていたかとジルソニアは震える。

……だがそれは、民草を案じての言葉ではなかった。

「アァ宰相よッ、儂が襲われていたらどうしたのだッ⁉」

――民のことなど、帝王にはどうでもよかった。

大切なのは自分の命だ。尊き血を引く我が身こそ、全ての騎士を使い潰《つぶ》してでも絶対に護《まも》らなければいけないモノだと信じていた。

それはある意味、王族としては正しい在り方なのやもしれないが……しかし、

「儂の喪失は国の喪失だぞッ、儂への被害は国への被害なのだぞ⁉」

喚くジルソニアの様は病的だった。

帝王としての余裕など一切《いっさい》ない。王の錫杖《しゃくじょう》を振り上げ、スペルビオスを殴打する。

「うぐっ⁉　ぉ、王よッ、なにを⁉」

「煩《うるさ》い黙れッ！　儂を脅《おびや》かす者は死ねッ、死ねッ、死ねッ！」

何度も何度も打ち付けるジルソニア。

玉座の間に鈍い音と宰相の悲鳴が響き続ける。

「わ、私は悪くありませぬッ！　全ては虚偽の報告をした部下のせいでっ！」

「その者は消えてしまったのだろう⁉　ならば上司の貴様が責任を取れッ！　王を危機に遭わせたとして死刑だァ！」

「そんなッ⁉」

王杖《おうじょう》がひときわ高く振り上がる。

そして、その先端が宰相の頭部へと打ち据えられようとした――その時。

「おやめなさい、ジル」


少女の声が、それを制した。

びたりと動きを止める帝王。荒い息を吐きながら声のしたほうを見る。

「ぁ……貴女様は……！」

扉を開いて現れたのは、まだ十代にもなっていないような少女だった。

されど振る舞いは堂々としたものだ。気品あふれる純白のドレスと白き髪を揺らしながら、怒れる王に歩み寄る。

「今回の一件はスペルビオスだけの責任ではないでしょう。アナタも悪いのですよ、ジル？」

「な、なんでッ⁉」

「『七大災禍』がそれぞれ封じられた場所は、王のみしか知ることができない絶対の秘密とされています。それが悪意ある何者かに突き止められたのですよ？　アナタの管理責任ではないですか」

容赦《ようしゃ》ない指摘に帝王は呻《うめ》く。

これが宰相などの臣下に言われたものなら、『儂を馬鹿《ばか》にするのか！』と吼《ほ》えることができた。

だがしかし、この少女にだけは強く出られない。初老の王は幼な子のように縮こまる。

なぜなら――、

「ぃ、意地悪を言わないでくだされ、エルディアお母様……！」

そう、彼女こそはジルソニアの実母。先代の王妃《おうひ》たる〝エルディア・フォン・レムリア〟に他ならないからだ。

「なにが意地悪ですか。クロウという騎士が黒龍を退治しなければ、どれだけの被害が出たことか。――まぁもっとも、アナタと宰相は彼の敗北を期待していたのでしょうけど？」

「そんなことは……っ」

顔を青くするジルソニア。咄嗟《とっさ》に否定しようとしたところで無駄だと悟る。

母エルディアの見た目は七歳ほどだが、実年齢は七十にもなる老女である。

それだけの長さを謀略渦巻く上流階級で過ごしてきたのだ。『クロウ・タイタスなる平民の男を排除する』という目論見《もくろみ》は、完全に知られていると見てよかった。

押し黙る帝王に、エルディアの視線が鋭くなる。

「……現代の貴族や王族がどのように生まれたか知っていますか？　それは、世界に溢《あふ》れた魔物たちを多く狩った者が崇《あが》められ、人々からの信頼を得た結果からです」

場の空気が凍りついていく。ジルソニアがそう感じるほど、彼女は激怒していた。

「ああ、アイリスのように強く優しい平民が憚《はばか》れば、確かに貴種の価値は落ちるでしょう。祖先が偉業を成しただけの者と、現代で人を助けている者。民衆たちにどちらの存在が貴《とうと》いかと聞けば、答えは明らかでしょうからねぇ？」

「それは……っ」

「お黙りなさい。……権威を守るために未来ある青年を消そうとするなど、まさに老害。恥というものを知りなさい……！」

怒れる母にジルソニアは震え続ける。

どれだけ責められようが、耐えるしかない。

それは相手が親だからという理由もあるが……、

「帝王ジルソニア、そして宰相スペルビオス。わたくしがアイリスに『聖剣《エクスカリバー》』を託したことを幸運に思うのですね。……この手に刃があったなら、首が二つ並んでましたよ？」

血の凍るような言葉に絶句する。

――エルディアの出自は武家貴族の一門だ。その中でも屈指の実力者と謳《うた》われた女性であり、秘めた戦闘力は計り知れない。

彼女の幼すぎる容姿も、かの最強の聖剣と相性が良すぎた副作用だという。

「さて……言いたいことは言い終わりました。隠居の老母は失礼しましょう」

踵《きびす》を返すエルディア。まるで彼女が王かのように、玉座の間を堂々と歩み去っていく。

そして――その背中が扉の向こうに消えたところで、ジルソニアは「クソ……ッ」と悪態を漏らした。

「どうしてこうなったのだ……！　儂はただ、目障《めざわ》りな平民に消えてほしかっただけなのに……！」

これまで何度か行ってきたことだ。

母も流石《さすが》に知らないようだが、二十年前には『鈍壊《どんかい》のヒュプノ』と『紅刃《こうじん》のカレン』という平民出の騎士を事故に見せかけて潰したことがある。

今回もそのようにするつもりだったというのに……。

「クソッ、クソッ！　おい宰相よ、貴様は嘘の情報を流した部下を全力で捜せ！　儂も封印を解いた輩《やから》を捜し出す！」

「はっ、はひぃッ！」

「わかったらさっさと行けッ！」

使えない宰相を蹴り飛ばして追い出す。

あぁ最悪だ。儂はなんて可哀想《かわいそう》なんだとジルソニアは本気で自分を哀《あわ》れんでいた。

「クソォ……悪さをした蛆虫《うじむし》を捜し出す必要もあるが……それに加えて……！」

王としての責務を果たさなければならない。

すなわち――偉業を成した騎士を、大々的に讃《たた》えなければいけないのだ。

「『マスカレイド』の連中も戻ってこんしッ、クソッ、クソッ、クソォッ！」

苛立《いらだ》ちのままに王の錫杖を放り投げる。

どうして貴き身である自分が、下賤《げせん》な平民など褒《ほ》めてやらねばならないのか。

帝王ジルソニアは髪を滅茶苦茶《めちゃくちゃ》に掻き毟った。

「平民の活躍など許せるものかッ！　一匹残らず消えてしまえ！」

ああそうだ。貴種以外の血を引く者など全員のたれ死んでしまえ。

たとえば、あの男のように――、

「妾《めかけ》の血を引く下劣な弟、ヴォーティガンのようになァ……！」

やめてくれ、強いのは俺じゃなくて剣なんだ……！

第三十九話　復活のクロウ

――ドラゴンとの戦いからどれだけの時間が経《た》っただろうか。

俺の意識は暗闇《くらやみ》の中で目を覚ました。

一寸《いっすん》先すら何も見えない。さらには踏みしめる地面すらなく、まるで魂だけでその場に浮かんでいるようだ。

明らかに異様な場所だ。病院内などでは断じてないだろう。

『……もしかして、ここが死後の世界ってやつなのかな。あれから俺は死んじゃったのか……？』

……無理もない話か。片腕の欠損を抜きにしても、俺は致命傷を受けまくっていた。

それに覚えてる限り、最後は何やら仮面の武装集団に襲われてたしな。

ティアナさんが駆けつけたあたりで意識を失ってしまったが、果たして彼女はどうなったのか……。

『無事だといいけどなぁティアナさん。童貞のまま死んじゃった俺なんかとは違って、生きて青春してほしいってばよ……』

はぁ……今更ながらにへこんできた。

まさかこんなに早く死ぬことになるなんて思わなかったよ。可愛《かわい》い嫁さんゲットして平和に暮らす夢がパーだぜチクショウ。

『まぁ、死んでから後悔しても遅いかぁ。来世に期待してもう寝よ』

そうして俺は瞳《ひとみ》を閉じた。

といってもどうせ暗闇の中なんだから意味はないけど、気分だ気分。

『うぅー……寝て起きたらきっと天国に昇ってるんだ……！　そこで魂を休めたあとは来世に転生タイムだな。クソザコ根暗野郎な今とは違って、実はめちゃくちゃ強い系のクールなイケメンに生まれるんだ……』

――……クチャ……――

『新生クロウくんは村のみんなから慕われるカリスマ持ちなんだ。フカシくんとかいう嘘《うそ》つきのアホしか話す相手がいなかった前世とは違うんだ。それであるとき村にテロリスト黒魔導士が襲ってくるんだけど、偶然にも剣を手に入れた新生クロウくんがやっつけちゃうんだ。そこから始まる英雄譚《たん》……今の俺ならバトルなんて嫌だけど、新生クロウくんには自分でも知らないような莫大《ばくだい》な戦いの才能があるから無双しちゃうんだ。その過程で巨乳女騎士たちに無自覚にモテまくってチヤホヤされまくるんだ……！』

――……クチャクチャ……！――

『それでなんやかんやで偉業を成して、美少女な王族とかにも気に入られたり、実は騎士団の団長が父親だったりで就職コネ無双して国の重要ポストに就いちゃって……！』

――クチャクチャクチャクチャッ！　クチャクチャクチャクチャッッッ！――

『っっって、さっきからクチャクチャうるさいんですけどォォォオ⁉』

なんなんだよもうッ、クロウくんが真剣に来世の人生設計してるときによぉ！

一体誰が変な音を鳴らしてるのか、俺はプンスカしながら目を開けた。すると、

――美味《ウメ》ッ！　美味《ウメ》ッ！――

『うわぁ……』


……いつの間にそこにいたのやら。

死んでようやく離れられたと思っていたクソソード『黒妖殲刃《こくようせんじん》ムラマサ』が、半透明のクソデカドラゴンの魂をギュボボボボボッと吸い込んでいた。

――味、量、両方満足……！　龍魂《リュウコン》最高……！――

頬袋《ほおぶくろ》でもあるのか柄《つか》のあたりが膨らむと、ムラマサはご満悦な様子でクチャクチャと音を鳴らし始めた。

ってその不快な音、お前の咀嚼音《そしゃくおん》だったのかよ。

『殺しは100点なのにマナーは0点とか害悪の極みじゃん。死ねよお前。……てかムラマサくん、

なんでお前も死後の世界にいるわけ？』

まさか死んでもついてくる気なのかコイツ？

まぁ挑戦してみてもいいけど、天国行きからの転生無双な俺と違ってムラマサくんはクズだから地獄行きだと思うよ？　だから諦《あきら》めたほうがいいんじゃないかな？

そう忠告する俺に、ムラマサくんは刀身を横に振った。なんじゃい。

——ソモソモ　ココ　死後ノ世界、違ウ。器ノ　精神世界——

『えっ、そーなの⁉』

もしかして俺、死んでないの⁉

——あとオマエもクズだから地獄行き——

『ってなんだとてめぇ⁉』

俺のどこがクズなんじゃい⁉　しかもなんでこんなときに限ってクソ流暢《りゅうちょう》に喋《しゃべ》るんだよ！

——器、女ヲ　何人モ　タラシ込む、クズ……！——

『は？　非モテの俺になに言ってんだお前？』

——……——

『ってなんだよ⁉』

言いたいことがあるなら言えよ！

剣のくせにもの言いたげな雰囲気醸《かも》し出すなよ！

――クチャクチャクチャクチャ……！――

あと人と話しながら最低な咀嚼音出すのやめろ馬鹿《ばか》！

――クチャクチャ……ゴクンッ！　必要量、摂取完了。残リ、非常食トシテ　放置。お弁当にする――

魂を食べるのをやめるムラマサくん。

いや、人の精神世界に食いかけのドラゴン放置するなよ……。それ腐ったりしない？

――知らん。ソレヨリ　モ！　我、進化スル！――

『え、進化⁉』

あー、そういえばなんかそんなこと言ってたな！　あのドラゴンを食べればするかもとか。

うーん。とても嬉《うれ》しそうなところ悪いんですけど、俺的にはちょっと困るなー……！

『よくわからんけど強くなるってことだろ？　そしたら俺の身体《からだ》の支配力も上がって、今度こそ完全に手放せなくなるかもなんだろ……⁉　えー、嫌だよそんなの！　俺もう平和な生活に戻りたいんですけどっ⁉』

――デモ　我進化シナイと　器死ぬ――

『ぬん⁉』

って、死ぬってどゆこと⁉　俺ってば無事だったんじゃないの⁉

――器、臓器潰《ツブ》れマクリ。多臓器不全デ、衰弱死確定――

あ、あぁー……なるほどね。黒龍《こくりゅう》に振り回された時、加速度の負荷で全身グチャグチャにされたもんね。そっから地面にダイブすることになったし、そりゃ内臓の五つや六つは壊れてるか。

『騎士団のポーションとかでも、臓器の復元は難しいらしいからなぁ。……なのにお前が進化すれば助かるって？』

――是――

ムラマサはこくりと頷《うなず》いた。

……こいつは腹を満たすためなら俺の身体をぼろ雑巾《ぞうきん》にする鬼畜ソードだが、これまで嘘《うそ》を吐《つ》いたことはない。俺をぬか喜びさせるメリットもないし、マジの話なんだろう。

『……おしわかった！　それなら進化しちゃってくれ！』

そういうことなら仕方ないと納得する。

俺だって死にたくないからな。俺の身体を滅茶苦茶《めちゃくちゃ》にするのが趣味のコイツの束縛が強くなるのはすげー嫌だが、背に腹は代えられない。

というわけで俺が頷くと、ムラマサはパァ～っと嬉しそうな気配を出した。

そんなに俺を操《あやつ》り人形にして食道楽したいのか？

――我、器ト魂一体化シテル！　ソレ故《ユエ》、進化ニハ器の『強イ意志』ガ必要！――

『強い意志だと？　俺ほどヘボヘボな男はいないが？　ふふん』

――自慢スルナ。……強イ意志……ソレ　ハ　願望、希望、渇望等ノコト。ソレラ　ヲ　強ク心カラ　サケベ！――

ほーーー、願望に希望に渇望か！　それなら溢《あふ》れまくってるぜッ！

そいつを叫べばいいんだな？　よし、やってやろうじゃないかッ！

――器ヨ。貴様ノ願望ハナンダ？――

質問と同時に、ムラマサの刀身から闇色の魔力が噴き出した。

俺の精神世界が黒く染まる中（※汚いからあとで掃除してほしい）、ヤツの問いかけに答える。

『俺の願望――それはぶっちゃけ、チヤホヤされながらぐーたら生きることだッ！』

――ウ、ワァ……――

……ムラマサから微妙な気配を感じるが、これが俺の素直な思いだ。

『〝みんなのために悪を裁く断罪者〟なんてキャラになっちゃったけど、もう卒業したいですハイ！

ありとあらゆる苦しみも責任も全て背負うことなく、俺は平和に生きたいってばよッッッ！』

俺はもう苦しみたくないいんだよ。ここ最近の間にクロウくんってば一生分がんばったからな。もう余生は好きに過ごさせてくださいッ！

――器ヨ。貴様ノ希望ハナンダ？――

『俺の希望――それは、めちゃくちゃ世話してくれてお金もくれる巨乳な嫁さんを手に入れることだッ！　そのためになら何でもするぞッ！　あ、戦うこと以外で！』

――ウワ、ウワァ……！――

ものすごく何か言いたそうなムラマサを無視する。

そう、もうクロウくんは欲望に正直になるよッ！　これまではほどほどの美人な嫁さんがゲットできたらいいかなぁ～くらいの思いだったが、ドラゴンとの戦いで死にかけてよくわかった！

いつ終わるかわからない一度限りの人生なら、できるだけ希望は高望みすべきだッッッ！

というわけで、俺を養ってくれる美人さんお待ちしてますッ！

――最後ニ、器ヨ。貴様ノ渇望ハナンダ？――

渇望？　そんなの決まってんだろッ！

『宣言しよう。俺は、クロウ・タイタスは、いつか邪悪なるお前との縁を全て絶ち、自由と平和を取り戻すッ！』

それがッ、

『それが俺の渇望だぁあああーーーッ！』

咆哮《ほうこう》と共に、ムラマサから溢れる闇が精神世界の総《すべ》てを染め上げた！（※汚さないでほしい！）

そして取り戻されていく肉体《からだ》の感覚。

全身に力が漲《みなぎ》り、五感が冴《さ》えわたっていく。

ああ、わかるぞ。俺は今、目覚めようとしている。

このムラマサのせいで汚くなった精神世界（※しかも龍の食いかけ放置）から意識が浮かび、現実の身体へと帰ろうとしている。

そんな俺へと、最後にムラマサが問いかける。

――我のコト、ソンナニ　嫌イ……？――

は？　なにいきなり変なこと聞いてきてんだよ？

『そりゃ嫌いに決まってるだろ。腹減ったらヒトの身体めちゃくちゃに使って暴れるしよ。お前のせいで人生おかしくなっちまったんだが？』

本当に、コイツのせいでとんでもないことになっちまったよ。

ただの村人として満足に生きてたのに、今じゃ悪と戦わなきゃいけない騎士の身だ。

平和主義なクロウくんにはきつい生き方だよマジで。

……でも、うーん……。

『……お前のおかげで、アイリスさんとかと知り合えたからな。それにお前もドラゴン戦じゃ頑張ってくれたし』

だから、まぁ。

『縁は切りたいって思うけど、この世からなくなってほしいとまでは思ってないかな……』

――ッッッッ‼‼‼‼――

俺の答えにバイブレーションするクソソード。

どういう感情表現だよ、お前――と苦笑しつつ、俺の意識は覚めていくのだった。

◆◇◆

そして。

「し、死ねぇッ、クロウ・タイタス！」

（はええええええ？？？？？？）

なぜか俺は、囚人《しゅうじん》っぽい恰好《かっこう》の男たちに取り囲まれていた。

ってなんなのこの状況ッ⁉

第四十話　悪意の強襲

「――『黒龍事変《こくりゅうじへん》』から一週間。未《いま》だに目覚める気配はなし、か…」

とある屋敷の一室にて。

金髪の女騎士アイリスは、ベッドに眠る男の様子を見守っていた。

「クロウくん……」

騎士になったばかりの黒髪の青年、クロウ・タイタス。

彼こそが今回、突如として現れた暗黒龍《あんこくりゅう》『天滅のニーズホッグ』を屠《ほふ》った張本人である。

もしも彼が討ち取らなければ、かの龍によって国は荒らし尽くされていただろう。

「よく頑張ったな、クロウくん。キミの活躍はレムリア帝国全土に広まっているよ。キミはこの国の英雄だ……」

そう褒《ほ》め讃《たた》えるアイリスだが、その顔色は優れない。

クロウは勝利したものの――龍殺しの代償《だいしょう》は重すぎた。

全身の骨折に筋肉の断裂。ありとあらゆる毛細血管の破裂に、臓器破裂。

さらには左腕も完全に千切《ちぎ》れ、死に体の有様《ありさま》となっていた――。

本当に生きているのが不思議なほどだ。

今はどうにか浅い呼吸を繰り返しているが、それが次の瞬間に止まらない保証はなかった。

「あぁ……クロウくん……クロウくん……っ！」

アイリスの両目から何度目かの涙が零《こぼ》れ出してくる。

医者曰《いわ》く、『臓器の損傷があまりに酷《ひど》い。持って一週間の命だと思うように』とのことだ。

そして、今日がその一週間目である。

医者の宣告は残酷なほどに正しく、つい先ほどからクロウの呼吸は苦しげになり始めていた。

「ゥ、ぁ……ッ！」

「ッ、クロウくんっ、頼むから死ぬなッ！　私を置いて逝《い》かないでくれ！」

彼の手を掴《つか》むも、そこから感じる脈拍はあまりにも鈍かった。

ああ、嫌でも理解させられる。今、この青年の命は燃え尽きようとしていた。

何体もの魔物を屠り、命を奪ってきたアイリスだからこそ、彼に迫る死神の気配をどうしようもなく感じ取ってしまう。

「クロウ、くん……私はキミに救われたんだ……！　騎士に憧れて、騎士になって、されど腐った王族たちや貴族たちに疎《うと》まれるうちに疲れ果て、死にそうになっていた私を……キミは救ってくれた……！」

彼と繋《つな》ぐ手に力が籠《こ》もる。

あの日の出来事をアイリスは忘れない。

物語に出てくる英雄のように、窮地の自分を救ってくれた青年・クロウ。

平和を乱す悪を許さず、どこまでも命懸けで戦う彼の存在は、アイリスにとって新たな希望の光だった。

彼と一緒なら、きっと素晴らしい未来が切り開かれると、そう信じていた。

だから、もう。彼がこの世を去るというなら――、

「もしも死ぬなら、その時は、私も一緒に……！」

――共に逝こうと言いさすアイリス。

だが、そんな彼女を引き留める者がいた。

「馬鹿《ばか》なことは言うんじゃありません、アイリス。アナタまで死んで何になります」

幼げな声が早まった選択を咎《とが》め立てる。

振り返ればそこには、白きドレスを纏《まと》った童女・エルディアが立っていた。

「エルディア……師匠……」

彼女こそは前帝王の妃《きさき》であり、アイリスの魔導兵装『エクスカリバー』の元担い手だった女騎士である。

その幼すぎる容姿も、使い手の老化を押しとどめる聖剣と適合しすぎた結果だった。

「クロウさんのために戦った子……ティアナさんをアリトライ家に引き渡してきました。だいぶ容態も落ち着いてましたし、直《じき》に目を覚ますでしょう」

――今回の『黒龍事変』において、クロウ以外にも表彰されるべき人物がいた。

その名もティアナ・フォン・アリトライ。

黒龍討伐《とうばつ》後、クロウに対して襲いかかってきた謎の集団を食い止めた下級騎士である。

彼女に対しては、アイリスも心から感謝していた。

「そう、ですか。それはよかったです。彼女はまさに恩人ですから。でも……クロウくんは……！」

「アイリス、気をしっかりなさい……」

むせび泣くアイリスをエルディアは抱き締める。

……騎士クロウがこのような事態になったことに、エルディアは誰よりも責任を感じていた。

「今回の一件はほとんど、我が子である帝王ジルソニアの差し金です。国内に現れた危険な龍種をクロウさんにぶつけ、さらには存在の隠された暗殺集団『マスカレイド』まで派遣していた」

それに勘付いたエルディアが、弟子であるアイリスに企《たくら》みを報告。

かくして彼女は現場に駆けつけ、クロウとティアナは一命を取り留めたわけである。

現在クロウが寝かされているこの屋敷も、エルディア所有のモノだった。

「まぁ、国内に現れた龍が『天滅のニーズホッグ』であることは帝王も知らなかったようですがね。……本当にクロウさんはよくやってくれましたよ……」

本来、かの魔龍は王族しか知らぬ地に封印されていた存在である。

それが解放されるとはどういうことか。何者かの陰謀が絡《から》んでいると、エルディアは見ていた。

「エルディア師匠……私はこれから、どうしたら……」

「……今はただ、クロウさんの回復を祈りましょう。そして彼がどうなるにしても、後を追おうなんて考えないでくださいね？」

「っ、はい……！」

共にクロウの手を握り、奇跡の回復を希《こいねが》う。

ああ、将来有望な若者が、どうしてこんな目に遭わなければいけないのか。

裂けた血袋のようになり、四肢《しし》の一つまで欠損した上、なぜ暗殺者たちに襲われなければいけないのか。

こんな理不尽があって堪《たま》るか。

「クロウくん……！」

「クロウさん……」

二人の女騎士は天に願う。

もう二度と彼が戦えない身になってもいい。それでもどうか、命だけは助かってくれと。

そして――。


「クロウ・タイタスは、ここか……！」

天は彼に救いではなく、さらなる試練を齎《もたら》した。

「っ、何者ですか⁉」

突然の声に振り向くエルディア。

するとそこには、みすぼらしい恰好《かっこう》をした男たちが立っていた。

その懐《ふところ》に、この屋敷で働くメイドたちを抱き抱えて……！

「なっ、アナタたちっ⁉」

「ご、ごめんなさい奥様……！　この人たちが、いきなり現れて……！」

呻《うめ》くメイドの首に、男の一人が鋭いナイフを押し当てる。

白い肌から一筋の鮮血が溢《あふ》れ出した。

「ヒッ、ヒィイッ⁉」

「おい騒ぐんじゃねぇッ！　……状況はわかったな、女共。お前らが妙な真似《まね》をしたら、人質共を皆殺しにしてやる」

男の言葉に、身動きの取れなくなるエルディアとアイリス。

なぜこんなことになったのか、わからない。そもそも屋敷中のメイドが捕らえられたなら、物音の一つでも聞こえなければおかしい。

それが一切《いっさい》ないとなれば、

「……何らかの魔導兵装を使いましたか。それも、かなり高位のモノを」

確信をもってエルディアは呟《つぶや》く。

様々な伝承の力を持ったあの武器群なら、どんな不条理も起こせることだろう。

「ですが、アレらは貴重品。アナタたちのようなゴロツキが持っているわけがない。となれば与えた人物が……」

「余計な詮索《せんさく》すんじゃねえよ、ロリババア。

――俺たちの要求はたった一つだ。そこに眠るクロウ・タイタスを、ブチ殺させろ……ッ！」

一斉に武器を構える男たち。その中には殲滅《せんめつ》系の魔導兵装までもが含まれていた。

「ク、クロウくんを殺させろだとッ⁉」

彼らの要求に、そして見た目にそぐわぬ凶悪な武装にアイリスは瞠目《どうもく》する。

……見ず知らずの荒くれ者たちがクロウの命を狙《ねら》うわけがない。ましてや、国が完全に管理している魔導兵装を所持しているなど有り得ない。

つまり、

「ッ――帝王の差し金だなッ、貴様らぁああああーーーッ！」

怒りを爆発させるアイリス。彼女が刃を抜こうとした瞬間、男らは先んじて何人かのメイドに刃物を突き付けた。

屋敷に響く彼女たちの悲鳴。それに思わず、アイリスは動きが鈍ってしまう。

「くッ⁉」

「今だッ、ブッ殺すぜクロウ・タイタスッッッ！」

一斉に襲いかかる荒くれ者たち。彼らの刃が、クロウに届かんとした……その時。

――サセナイ――

吹き荒れるような闇《やみ》の魔力が、クロウの全身から溢れ出した……！

第四十一話　新たなる力

「なっ……クロウ、くん……⁉」

アイリス・ゼヒレーテは困惑した。

魔導兵装を掲げた荒くれ者たちにより、クロウが殺されかける直前。彼の身体《からだ》から、闇色《やみいろ》の魔力が迸《ほとばし》ったのだ。

そして、さらなる怪異が巻き起こる。

溢《あふ》れ出した魔力は無数の黒き腕のような形を取り、男たちの振るう武装を掴《つか》み上げた。

「ひぃっ、なんじゃこりゃぁッ⁉」

「おいおいおいッ、こんなチカラがあるなんて聞いてねぇぞ⁉」

「離せテメェッ！」

身動きの取れなくなる荒くれ者共。その隙《すき》に捕まっていたメイドたちは逃げ出していった。

ああ、悪《あ》しき者らの叫びが屋敷に響きゆく中、嵐《あらし》のごとく渦巻く闇の中心より――微《かす》かな声が谺《こだま》する。

「俺の、願望……それは……」

――聞こえる声に、アイリスは目を見開いた。

耳に入るそれは間違いなく、愛した男のモノだったからだ。

「みんなのために……悪を、裁く……！　ありとあらゆる苦しみも責任も、全て背負う……！」

声が熱量を帯びていく。

紡《つむ》がれる言葉は騎士の誓い。

国を、仲間を、民衆を救うために、全悪を屠《ほふ》り万難を担うと決めた、一人の『断罪者』の宣誓だった。

「クロウ、くん……！」

「クロウさん……っ！」

アイリスとエルディアの身が震える。

共に正義を志し、剣を執った女二人。響く宣誓は、彼女らの心に熱く激しく染み渡っていく。

「平和……希望……そのために……戦う……ッ！」

溢れる闇の中、誰もが震えて硬直する。

正義の女騎士たちは感動に。そして、悪しき暴漢共は恐怖に――！

言葉に込められた絶対の決意と熱量に、両者は瞬《まばた》きを忘れてしまう。

「……宣言、しよう……！」

かくして限界量に達する闇の魔力。

その中から羽化するごとく、一人の騎士が姿を現す――！

「俺は――クロウ・タイタスは……ッ！　いつか邪悪を、全て絶ち、自由と平和を取り戻すッ！」

ここに、裁きの担い手は再臨を果たす。

爆散する闇の波動の中心に、『断罪者クロウ』は立っていた。

全身の至る所に傷を負い、片腕を失《な》くしていたはずのクロウ。

されど、迸る異様な魔力が炎のごとく損傷部に宿り、血肉と化してその欠損を埋めていった――――！

「あぁ、クロウくん……ッ！」

奇跡の復活にアイリスは滂沱《ぼうだ》の涙を流し続ける。

幼き頃、物語で知った英雄たち。

あらゆる苦難を乗り越えて立つ彼らと並ぶ存在が、いま現代に産まれたことを実感したのだった……！


なお。

（えッ、なにこの状況⁉　アイリスさんとちっちゃいロリと、あとなんかすごい怖そうなオッサンたちに囲まれてるんですけどォオオオーーーーーッ⁉）

現代の英雄（※一般人クロウ）は混乱していた。

これまでずっとぐーっすり寝て、そして何やらムラマサに願望を叫ばせられたと思ったら、こんな状況で起床する羽目になったのだから。

（えっ、なに⁉　明らかに悪そうな連中に睨《にら》まれてるし、これどう考えてもやばいよねッ⁉　と、とりあえずロリっ子守ろ！）

謎の白髪ロリ（※御年《おんとし》七十歳のエルディアさん）の前に立ち、背中で庇《かば》うクロウ。

そして無駄にキリッッッとした顔とキリリッッッとした声で言い放つ。

「――恐れることはない。キミのことは、俺が守る」

「はぅんッ⁉︎♡」

一瞬にして王太后《おうたいごう》エルディアは堕《お》ちた……ッ！

彼女からしたら、理想ドストライクの正義に熱いクール系超イケメンが、物語の一場面のように自分のことを庇ってくれているシチュエーションである。まさかのヒロイン扱いに、思わず悶《もだ》えそうになってしまう。

……なお、エルディアは耳に入るクロウの噂《うわさ》＋先ほどの一連の彼の宣誓でクロウを正義認定したが、実際はただの勘違いである。

『俺の、願望……それは……みんなのために……悪を、裁く……！　ありとあらゆる苦しみも責任も、全て背負う……！

平和……希望……そのために……戦う……ッ！

……宣言、しよう……！

俺は――クロウ・タイタスは……ッ！　いつか邪悪を、全て絶ち、自由と平和を取り戻すッ！』

などと言っていたクロウだが、実際は、

『**俺の願望――それは**ぶっちゃけ、チヤホヤされながらぐーたら生きることだッ！』

『〝**みんなのために悪を裁く**断罪者〟なんてキャラになっちゃったけど、もう卒業したいですハイ！

ありとあらゆる苦しみも責任も全て背負うことなく、**俺は平和**に生きたいってばよッッ！』

『**俺の希望**――それは、めちゃくちゃ世話してくれてお金もくれる巨乳な嫁さんを手に入れることだッ！　**そのためにな**ら何でもするぞッ！　あ、**戦う**こと以外で！』

『**宣言しよう。俺は、クロウ・タイタスは、いつか邪悪**なるお前との縁**を全て絶ち、**（※自分にとっての）**自由と平和を取り戻すッ！**』

……という、凄《すさ》まじく浅ましいモノだった……！

復活の過程で言葉の端々《はしばし》が口に出てしまっただけで、ただの俗物のクズ宣言である。

ヤンデレ彼女（※ムラマサ）をそのへんに捨てて、美人のヒモになって無責任交尾したいというだけの害虫の鳴き声的な叫びだった。

そんなことも知らず、アイリスとエルディアは乙女《おとめ》回路をキュンキュンとさせ、荒くれ者共は半端《はんぱ》なカスを前に後退していく。

彼らからしたら地獄の底からヒーローが蘇《よみがえ》ったシーンに見えるが、実際は排水溝からナメクジが這《は》い出てきただけである。

ただのキモいだけのシーンなので慄《おのの》く必要なんて一切《いっさい》なかった。

――されど、クロウの顔面オーラと自分を取り繕《つくろ》う力だけは一級品。

魂を通して脳裏に流れ込んでくる魔剣の能力を知りながら、鋭い眼差《まなざ》しで敵を睨む。

「征《ゆ》くぞ、ムラマサ。新たな力を見せるがいい」

いつの間にか彼の右手には漆黒《しっこく》の刃・ムラマサが握られ、そして再構築された左手からは闇の魔力が迸っていた。

その姿はまさに、驚異的な力に覚醒《かくせい》して蘇った英雄である。

誰もが（無駄に）震え上がる中、クロウは左腕を振りかざす。


「禁術解放・邪魂招来《じゃこんしょうらい》──！（**いま技名考えた！**）」


左腕から再び溢れる闇の魔力。

それらは一瞬にして形を変え、かつてクロウが屠った魔物の一団『トロール』の集団へと変貌《へんぼう》した。

『ゴガァアアアアアーーーーーーッ！』

咆哮《ほうこう》を上げる魔の軍勢。本物と違うのは、その体色が黒く染まっていることだけだ。

獣のごとき息遣《いきづか》いも、殺意に燃える眼光もそのままに、荒くれ者たちへと狙《ねら》いを定める。

「なッ、なっ、この魔物共どこから現れやがったぁあああッ!?」

恐慌状態に陥る彼ら。

こんなことになるなんて、聞いてなかった。

依頼主から──帝王の配下から伝えられたのは、死にかけの男一人を殺せばいいというモノだった。

それなのに、どうしてこんなことに……！

「これが俺とムラマサの新たな力、一時的な『魂の受肉』だ（これ強くね？）」

黒刃《こくじん》を手にクロウは語る。

失われた左腕が蘇ったのも、トロールの群れを召喚したのも、全ては覚醒したムラマサの能力だった。

契約しているクロウの魂をもとに欠損部や失われた臓器を魔力で再現。さらに、今まで屠ってきた魔物の魂の欠片《かけら》を腹から取り出し、一時的に蘇らせたのだ。

復活した魔物たちはクロウの意のまま。

能力によって支配されている――わけではなく、かつて自分たちをすごい勢いでブッ殺してきたクロウとムラマサがめっちゃ怖いため、言うことを聞いていた。

「さぁ、行くがいい魔性共。邪悪を討ち取り禊《みそぎ》を祓《はら》えッ！」

『ガァァァアアーーーーーーーッ！』

一斉に襲いかかる漆黒のトロールたち。

万力の剛腕が豪快に振るわれ、荒くれ者たちを薙《な》ぎ払っていく。

それでも、受け渡された魔導兵装により、何人かは必死に抵抗するが――、

「無駄だ」

魔の軍勢を支配する者、クロウには全く歯が立たない。

疾《と》く振るわれる超速斬撃《ざんげき》。刹那《せつな》のうちに一人、また一人と斬《き》り刻《きざ》まれ、クロウの歩み寄った者は一瞬で肉片と化していく。

そして、蘇った英雄は――実は魔剣に支配されているだけの男は、無駄に凛《りん》とした顔をして、

「**悪よ、滅びろ**」

——心の中で『筋肉痛痛いよォオオオオーーーッ！』と叫びながら、全ての敵を滅ぼしたのだった……！

アイリス「英雄だ……」
エルディア「英雄だ……」
敵「かなわねぇよ……」
クロウ「えーん！」↑うんこ

第四十二話　師弟丼だよクロウくん！

――悪そうなヤッらをやっつけた後のこと。

俺は、謎の白髪ロリの正体に腰を抜かすことになった……！

「はじめまして、クロウさん。わたくしはエルディア・フォン・レムリア。この国を治める帝王の、母でございます」

「えっ（何言ってんのこの幼女⁉）」

おいおいお嬢ちゃん、ジョークがすぎるぜ……。

やれやれという顔でアイリスさんのほうを見ると、彼女は真剣な顔つきで首を横に振った。

……え、もしかして冗談じゃなくて……⁉

「信じられないのも無理はないでしょうが、恥ずかしながら事実でして……」

そう言って幼女さんは左手を突き出してきた。

その薬指には、国家の紋章が刻《きざ》まれた指輪が嵌《は》められていて……！

「というわけで、先王の妻のエルディアでございます」

「そうだったのですか……（ひえ～～～～～～～～～～～～⁉）」

ががが ッ、ガチ王族様やんけ～～～～～～‼‼

王族の中でもトップオブトップにガチな人やんけ～～～～～～！！！！

俺、戦闘中にタメ口使っちゃった気がするんですけど⁉

「帝王の御母堂……王太后《おうたいごう》殿下とは知らず、とんだご無礼を……」

「かしこまらないでくださいな。私のことはどうか、エルディアとお呼びください」

「えっ、ではエルディア様……？」

「いえ呼び捨てで結構です。あと敬語はいりませんからね？」

って敬語はいるだろッ⁉

え、何この人⁉　俺、ハメられてるの⁉

言うことを聞かずに敬語＝反逆罪。

敬語を使わずタメ口＝不敬罪。

って感じでどっちにしろ詰みじゃねーかッ⁉

俺、復活してから一秒で荒くれ者共に襲われて、五分後には謎の罠《わな》にかけられてるんですけど！

「――こらこら、エルディア師匠。クロウくんが困ってるでしょう」

と、そこで。

俺の天使であるアイリスさんが彼女のことを諫《いさ》めてくれた！

師匠と呼んでいることから、アイリスさんはエルディア様の弟子だったらしい。美人師弟っすね～。

「すまないな、クロウくん。師匠は王族だというのに、少々お転婆《てんば》すぎるところがあってなぁ。悪く思わないでくれ……」

「いや、気にしてないさアイリス。お堅いよりもフランクなほうが、俺的にもありがたいからな」

そう話していると、エルディア様が「あらあらあらあら？」とニヤニヤしながら割り込んできた。

え、なんすか⁉

「クロウさんってば、アイリスのことを呼び捨てにしてるのですねぇ。しかもタメ口で！」

「え、あぁ、本人からそうするよう言われたので（そういえばこの人と一緒だな……）」

「あらーーーッ、アイリスってばアプローチの仕方がわたくしと似ちゃってぇッ！　つまりそういうことなのね！」

え、アプローチ？　なんの？？？　そういうことってなんスかなんスか？？？

訳がわからず首を捻《ひね》る俺をよそに、アイリスさんの横乳をパシパシ叩《たた》くエルディア様。

それにアイリスさんは怒るでもなく、顔を真《ま》っ赤《か》にしながら「そ、そういうことです……！」とゴニョゴニョ呟《つぶや》いていた。

なんかよくわからんが、師弟仲はだいぶイイらしい。

「あら、放置してしまってごめんなさいね、クロウさん。……でもアイリスに対してラフに接するなら、わたくしも同じ扱いでいいでしょう？　ねぇ？」

「いえ、流石《さすが》に王族相手には……！」

「大丈夫よクロウさん。――先代の王とは、半ば強制的な政略結婚だったから。赤ちゃんも二人育ておっぱいもあげた身ですけど、心はまだまだ乙女《おとめ》のままですから……ッ！」

って何の話してんのこの人ぉーーーーーッ⁉

「これは本気の証《あかし》です」

そう言ってなぜか薬指の指輪を渡してくるエルディアさん。

い、いらねー……！

え、なにこれ、王族ジョークってやつ？　超絶庶民なクロウくんはもうついていけないんですけど……？

「――師匠、そろそろ真面目《まじめ》な話をしましょう」

そこで、アイリスさんが咳《せき》ばらいをしながらエルディアさんを抱っこして脇にどけた（飼い猫みたいな扱いだな）。

「わたくしは真面目なんですけど？」

「黙れロリババア。……さてクロウくん、軽く現状から説明しようか」

凛《りん》と語り出すアイリスさん。彼女は俺が眠っている間のことを話してくれた。

まず、俺は一週間も眠り続けていたらしい。

しかも多臓器不全で死亡寸前だったとか。ムラマサの言う通りだったんだな。

そして、俺を庇《かば》ってくれたティアナさんは無事だそうだ。

彼女も酷《ひど》い怪我《けが》を負っていたが、王族のみが所有する効果の高い回復薬『エリクサー』を振る舞われ、致命的な傷は無事完治。その後はお母さんに引き取られていったらしい。

なお俺にも『エリクサー』は振る舞われたが、それでも一週間生かすのが精一杯だったみたいだ。

曰《いわ》く内臓と骨全部に損傷があったとか。どんだけボコボコにされたねん俺。

それから——。

「例の黒龍《こくりゅう》……『天滅のニーズホッグ』を倒したことで、クロウくんは直々《じきじき》に帝王から表彰される予定だ。だがしかし、キミも勘付いてるんじゃないか？」

アイリスさんの指摘に、俺は頷《うなず》いた。

そう——そもそも新人な俺が、一人でドラゴン討伐《とうばつ》に出向くはめになったことも。

ドラゴンを倒した後、謎の仮面集団に襲われたことも。

そして、魔導兵装を持ったゴロツキ共が押し寄せたことも……すべて。

「帝王ジルソニア。ヤツこそ、キミを殺そうとした元凶だ……！」

エルディア「あの子、**未来のパパ**になんてことを……！」

第四十三話　赤ちゃんできたよ、クロウくん!!!!!!

「他に帝王からの刺客がいないか、私は周囲を警戒してくる。どうか師匠は、あの男のことをクロウくんに教えてやってくれ」

剣を片手に部屋を出るアイリスさん。

金髪のたなびく背中が本当に頼もしい。あの人には出会った時から頼りになりっぱなしだってばよ……！　すき。

「――ではクロウさん。アナタの命を狙《ねら》っている、帝王のことについて話しましょう」

そして二人っきりになったところで、エルディア様が口を開いた。

「なぜジルソニアが……私の息子が、アナタのことを殺そうとしたか。それは、『優秀な庶民』という存在を憎んでるからです」

長い睫《まつ》毛《げ》を悲しげに伏せ、エルディア様は語り出した。

……ちなみにクロウくんってば全然優秀じゃないんですけどぉ？

「私の子であるジルソニア。あの子は昔から才覚に優れ、周囲から期待されている存在でした。それに幸か不幸か、他の子供には恵まれませんでしたからね。あの子が十歳になるまでは、誰もがジルソニアこそ次の帝王になるだろうと信じていた」

「十歳になる、までは？」

彼女の言葉に首を捻《ひね》った。

他に兄弟もいなくて優秀だったら、考えるまでもなく王になるんじゃないのか？

そんな疑問に彼女は答える。

「それがですね……ちょうどその頃に、我が夫であった王の不貞が判明しまして。メイドの一人に、子供を産ませていたのですよ」

「あぁ、それは……」

面倒そうな問題が起きたなぁ……と思う。

庶民の俺には全く縁がない世界の話だが、当時の関係者たちがてんやわんやになる姿だけは想像できた。

「お察しの通り、王宮はもうパニックですよ。中には『混乱の火種にならぬよう、その子供を殺そう』と言い出す臣下もいまして。あの時は大変でした……」

ふぅ、と溜《た》め息を吐《つ》くエルディア様。

見た目は七歳だが語ってる内容はドロドロだ。

政略結婚で無理やり嫁ぐことになったとも言ってたし、こんな見た目でかなりハードな人生を歩んでいるのだろう。

「それで結局、メイドの子供は第二王子として王宮で育てることになりました。もちろん反対はありましたが、渦中の存在であるジルソニア自身が『彼を弟として認めたい』と言ってくれましたからね。引き取ってからはよく遊んであげてましたよ」

「ほう……（はえぇ）」

帝王ジルソニア、いいやつじゃんか。ライバルになりそうな子を受け入れるなんて。

王の子供だとわかった以上は、もうその子は庶民として生きてもトラブルまみれになりそうだしな。だったら王宮に引き取られたほうが安全だ。それにイイお兄ちゃんしてたそうだし。

となると、

「エルディア様」

「エルディアでいいです。あと敬語も結構ですから」

ってまだ言うんかい！　もうわかったよッ！

「……それで、エルディア。そんな帝王ジルソニアが、なぜ庶民を憎むように？」

「ええ……単純な話、その庶民の血を引く第二王子が、あまりにも優秀すぎたんですよ……！」

絞《しぼ》るように彼女は語る。

曰《いわ》く、ジルソニアより一回り年下の第二王子だったが、引き取られてから一年ほどで勉学の知識が兄に追いついてしまったと。

曰く、武勇の才能にも優れ、こちらはわずか三か月ほどで兄を打ち負かすようになってしまったと。

そのうえ容姿も整っており、幼い頃は天使のようだと可愛《かわい》がられ、成長してからは金髪の美丈夫となって上流階級のマダムたちを魅了したとか。

……なんだその弟。そんな完璧超人が弟になったら、めちゃくちゃしんどくなりそうなんだが……。

「あとはもう簡単ですよ。周囲の期待は弟のほうに注《そそ》がれていき、兄ジルソニアはすっかり日陰者になってしまいました。

あの子も決して凡才じゃありませんが、あまりにも相手が悪かった。そして、次第に性格が歪《ゆが》んでいき……」

「弟のような、『庶民の血を引く優秀な者』を恨《うら》むようになったわけか」

俺の言葉に彼女は頷《うなず》く。「今や醜い老害になってしまいました」と、息子の末路を酷《ひど》く嘆《なげ》いた。

……なるほどなぁ。要するに帝王が俺をブッ殺そうとしたのは、その弟への八つ当たりみたいなものか。

死にかけた身としては迷惑な話だ。やっぱり許せない野郎だなぁと思うが……でも、王の気持ちも一応汲《く》めるところはある。

「理解した。決して許す気はないが、まだ哀《あわ》れむ部分もある悪党だと判断しよう」

「っ、すみません、ありがとうございます……！」

俺の返答に、彼女の表情が少しだけ救われたようになる。

ったく、帝王のやつめ。こんな綺麗《きれい》でちっちゃなお母さんを悲しませるなっつの。

「王の人格を矯正《きょうせい》するのは、難しそうか？」

「それは……本当に、申し訳ありません。わたくしも、ジルソニアの企《たくら》みが発覚した時点で潰《つぶ》し、何度もこんなことはやめろと忠告してきたのですが……収まらず……」

「苦労するな。……ちなみにエルディア。先王はもう生きていないのか？　先王からヤツを窘《たしな》める言葉が下ったとなれば、政治的にも動きづらくなると思うんだが」

要するにパパに怒ってもらえってことだな。

だがエルディアは細い首を横に振った。

「残念ながら、先王はすでに先立たれました。……わたくしも思う時がありますよ。ジルソニアは父に懐《なつ》いていましたので、もしあの人が生きてて叱ってくれたらって」

ふーむ、死んでるならダメかー。

ていうかエルディアさん、また暗い顔になっちゃってるな。見た目は七歳くらいの女の子だから、泣きそうな顔されるのはキツいっての。

よし、気遣《きづか》いの達人であるクロウくんは女の子に優しくがモットーだぜ。

ここはジョークで笑わせてあげますか！


「それならエルディア、こんなのはどうだ？」


俺は懐《ふところ》から指輪を取り出した。さっきエルディアが王族ジョークで渡してきた、国家の紋章が入った指輪だ。

俺はそれを、自分の左手の薬指に嵌《は》め込んだ。

「なっ、クロウさんっ⁉」

おぉ、この指輪ってばするりと入っちゃったな。小さな女の子がしてたヤツだからキツいと思ったのに。まぁいっか。

そして俺は、指輪の嵌まった手をエルディアに突き付け、フッと笑みを浮かべて……、

「俺が父親代わりとなって帝王を叱ってやろう。そうすれば、イイ子に戻ってくれるかもだろう？」

「ッッッッッ⁉⁉⁉」


ふはははは、どうだエルディアさん！

俺みたいな若造が親父面《おやじづら》して『バカモーン！』とか言ってきたら、帝王様ってば泡吹いて怒っちゃうだろうな！

それを考えたら笑えちゃうだろう？

――そんな反応を期待して、エルディアさんを見つめると……、

「ク、クっ、クロウさん！　それはつまり、そういうことですよねッ⁉」

「え？」

「あの子の父親代わりに叱るということは、つまりそういう意味ですよねッ⁉」

な、なぜかにじり寄ってくるエルディアさん……！

心労で張り詰めた顔に、一筋の涙がこぼれる……ッ！

え、なにその反応⁉

「お、お願いします、クロウさんッ！　わたくし一人じゃ、もう限界だったんです……！」

まるで、地獄に垂れた糸を摑《つか》むように。

エルディアさんは小さな手で、指輪の嵌められた俺の手をギュッと抱き寄せた。

「どうかわたくしと一緒に、あのバカ息子を叱ってくださいッ！」

「あ、あぁ……（って、え⁉　マジで⁉）」

――こうして俺は数日後、会ったこともない（※エルディアさんの）息子を叱ることになったのだった……！

って、えええええええええええ⁉

数日後の未来。

エルディア「ママこの人と結婚するから…♡」

殺そうとしてた男が王家の指輪を嵌めて母親と腕を組みながら目の前に現れることになるジルソニアくん

「はあああaああ!!!!!!!!!!!!!?!?!?!?!?!?!?!?!?!?!?!?!?!?」

第四十四話

真夜中の来訪者

「――はぁぁぁ。なんかとんでもないことになっちゃったなぁ……」


目覚めた日の夜。

久しぶりの食事やお風呂《ふろ》を楽しんだ俺だが、気分はかなり憂鬱《ゆううつ》だった。

用意された部屋のベッドに転がりながらグチる。

「まさか、冗談で言った『帝王を叱る』って案が採用されちゃうとは……！」

そう。王太后《おうたいごう》のエルディア様は俺の冗談を冗談と捉《とら》えず、マジで採用しちゃったのだ。

っていやいやいやいやいや、有り得ないだろ……！　そのへんの村人の俺が王族叱るとかやばすぎるだろ……！

しかも、

「〝民衆たちの前で堂々と〟って、無理だろそんなのぉ……！」

考えただけで胃が重くなる……。

エルディア様が言っていた俺の表彰の件だが、彼女はあれこれと手を回して帝都のド真ん中でやることにする気らしい。

何万人もの人々が見る中、帝王と会わなきゃいけないってことだ。

それだけでも緊張で吐きそうになるだろうに、しかも叱れと!? マジで無理だよぉ……。

「うぅ……陰キャラのクロウくんになんてことをさせるんだぁ……! もうおうちかえりたいよぉ……!」

ベッドの上をコロコロしながら俺は泣く。

……はぁ、きっと帝王様ブチ切れるだろうなぁ。民衆たちも流石《さすが》に『なんだコイツ』って目で見てくるだろうなぁ。

一応俺ってば、今や世間じゃ話題の存在らしい。

なんか俺が倒したドラゴンって『天滅のニーズホッグ』とかいうやばいヤツらしくて、つまりすごい偉業を成しちゃったってことだ。

でもだからってさぁ、それで強気になって目上の人にワーワー言ったら、周囲は『アイツ調子乗ってんな』って思ってくるだろ。

「きっと帝都の人たちに石なげられるよぉ……。都会に住んでる人たちからしたら、俺なんてド田舎《いなか》から来たイモ野郎だし」

騎士の資格を持ってるだけで、何の権威もない人間ですからねぇ俺。自分たち以下のいなかっぺがすごいコトしたからって大仰な発言をしてたら、間違いなく反感食らいまくるだろう。

立場も権威もないくせに力だけあって上に噛《か》み付くヤツとか、見てて腹立つだろうし空気読めない危険人物にしか思えないだろ。

「はぁ、もしちょっとした貴族の婿養子の立場とかだったら違ってくるんだけどなぁ」

立場ってのは印象に箔《はく》を付けますからね。元々がただの村人でも、偉い立場だとしたら『そうなるまでの経緯や努力』を周囲に想像させるだろう。

よくわからん村人の発言と、『貴族の家紋を任されるに至った村人』の言葉では、重みというのがまるで違う。

んで……もしも王族の婿養子とかだったら、もう物語としては最高のワンシーンだ。

「村人が王に強い発言をしたら『不敬罪』だし、貴族だったら『忠言』だが」

王族が王に逆らったなら、それは『下克上《げこくじょう》』を意味することになる。

〝お前を王とは認めない。お前の君臨を許さない。お前を玉座から、引きずり降ろしてやる〟って言ってるようなもんだ。

しかもそいつが民衆の血筋だったら、周囲は盛り上がるだろうなぁ〜。

民衆ってのは自分と同じ属性を持った権力者に肩入れしちゃうからな。

自分と同じ立場のヤツが成り上がるのは嫌いだが、自分より偉いヤツが自分と同じ趣味嗜好《しこう》やルーツを持ってたりするのは大好きなんだよ。

複雑な生き物だなぁ民衆は――って話を、村で唯一友達だったフカシくん（※魔物に食われて死んだ）が言っていた。

アイツただの小金持ちのくせに発言がやたらデカイんだよ。

ま、それはともかく。

「いい加減に現実を見ようぜ、クロウくん……！　俺は貴族や王族の婿養子どころか、一般の彼女すらない童貞野郎なんだ……ッ！」

ありえない妄想《もうそう》をやめ、俺はもう一度涙した。

現実は残酷だ。一般童貞市民の俺は何の立場もないままなぜか帝王（※三十歳以上年上の人）をみんなが見てる前で叱責《しっせき》し、帝王をブチ切れさせた挙句《あげく》みんなから『アイツやべぇよ』って目で見られないといけないんだ。

断ろうと思ったけど、エルディア様ってばすごくノリノリだしな。

それに元々提案したのは俺だしさぁ……今更なしってのは、それこそなしか。はぁ。

「ま、もしもの時はエルディア様が庇《かば》ってくれるだろ。うん、処刑だけはないと信じよう……」

もういい。辛《つら》い未来のことを考えても涙がポロポロ出るだけなので、俺は寝ることにする……！

というわけで、片腕を消して……っと。

「ふぅ。腕がないのは変な感じだなぁ」

肩のあたりから欠けてしまった左腕を見つめる。

――進化したムラマサの能力、『魂の具現化』は強力だ。

魔物を呼び出すことができるし、自分自身の魂を具現化させることで欠損部位を補うことができる。

だが、具現化を維持するには相応の『魔力』が必要になるらしい。

「ヴィータちゃんの剣から風が出るのも、アイリスさんの剣が光るのも、魔導兵装に溜《た》められた魔力のおかげなんだよなぁ」

ゆえに、二人とも常時ビュービューピカピカできないってわけだ。

大気中に溶け込んだ魔力を兵装が再び取り込むまで、待たないといけない。

……ンで、これからは俺もソレに気を遣《つか》わないといけないってわけだ。

特に俺の場合、ムラマサの魔力が切れたら死ぬからな。

「グチャグチャになった内臓も、ムラマサが補ってくれてるんだもんなぁ。文字通り、命綱を握られちまったな……」

部屋の隅に立てられた黒刀を見る。

今はドラゴンの魂に大満足して、のんきにグーグー寝てやがる。

「はぁ、こっちが帝王の件で悩んでるのにさぁ……」

つくづく自分勝手なアホソードだ。

まぁいいや。未来の問題は未来の俺が何とかすると信じて、クロウくんも今日は寝よっと！

おやすみーーーーーーーーー！


そして。

「――……クロウくん、もう寝ているのか？」

眠りに落ちる中、アイリスさんの声が聞こえたような気がしたのだった。

◆◇◆

──クロウが部屋で泣いていた頃。

女騎士・アイリスは、己《おの》が師であるエルディアの私室を訪れていた。

「師匠……いや、エルディア……！」

火のついた暖炉だけが部屋を照らす中、アイリスは師を睨《にら》みつける。

「よくもお前は……クロウくんの提案を、受け入れてくれたな……！」

礼節をかなぐり捨ててアイリスは唸《うな》る。

ああ、不敬罪だろうが知ったことか。立場も恩義も関係ない。最強の魔導兵装『エクスカリバー』を託してくれた感謝も、今だけは忘却の彼方《かなた》に追いやる。

「私が席を外した間に、クロウくんがしてきたという提案。自分が帝王の父となって──つまり、『〝王太后エルディアの夫〟となって帝王を追いやり、国を平和に導く』という案を……よくも受け入れてくれたなぁ……ッ！」

そう。先ほどの食事の席で発表されたことだ。

アイリスが屋敷の警戒を行っている間に、エルディアとクロウの間でそのような取り決めが行われていた。

「なんだそれはっ、ふざけるなぁッ！　そんなの……そんなのって……！」

怒りと悲しみに泣き咽《むせ》ぶアイリス。エルディアの細すぎる肩を掴《つか》み、濡《ぬ》れた瞳《ひとみ》で鋭く睨む。

だが。

「えぇアイリス、好きなだけわたくしを責め立てなさい。ですが……アナタはわかっているでしょう？　これが、『正しき道』なのだと」

「っ……！」

エルディアは一切《いっさい》怯《ひる》まなかった。

非難も悲哀も受け入れた上で、アイリスを見つめ返す。

「クロウさんは賢いお人……国の現状がよくわかっているのでしょうね。もはや帝国は、崩壊寸前なのだと」

深く溜《た》め息を吐《つ》くエルディア。

彼女の耳には聞こえていた。朽《く》ちた建物が崩れるように、国家が崩壊していく音が。

「例の黒魔導組織、『黒芒嚮団《こくぼうきょうだん》・ヴァンプルギス』により、帝都に向かって多くの魔物が雪崩《なだ》れ込む事態となってしまった。これだけでももう大問題ですよ」

人々の混乱は計り知れなかった。

帝都を中心とした数百キロの領域は、『内地』と呼ばれる魔物のいない聖域だ。

四方を巨大な結界に囲まれ、これまでずっと平和を保ってきた。

世界が魔物に溢《あふ》れているという恐怖など、帝都付近に住まう人々たちは完全に忘却していた。

それなのに。

「安全神話は崩されました。今はまだ暴動も起きていませんが、もしも帝都に小型の魔物が一匹でも入り込もうモノなら、果たしてどんな事態になることか……！」

エルディアの顔が真《ま》っ青《さお》に染まる。

どうなるか考えただけでも恐ろしい。クロウのような外地の者たちとは違い、内地の者らはこれまで一度も魔物など見たことがない有様《ありさま》だ。巻き起こるパニックの規模は想像を絶するものになるだろう。

だというのに……。

「そんな事態だというのにッ、我が子である帝王はあいもかわらず、平民潰《つぶ》しを行う始末ッ！　あぁ、あぁ母として考えてはいけないとわかっていますッこんなことは言ってはならないと思っていますッ！

だとしても、わッ、わたくしは……ッ、わたくしは、なんて子を産んだのか……ッ！」

「エルディア、様……！」

狂乱に髪を掻《か》き毟《むし》るエルディア。

極限まで追い詰められたその姿に、アイリスはしばし言葉を忘れた。

ああ、彼女も限界だったのだ。愛なき婚約から産んだ子供が民衆を不幸にしていく様を、ずっと見続けてきたのだから。

「ぐぅう……そして……あの魔龍《まりゅう》が、現れた……！」

内地に降臨した伝説の魔物『天滅のニーズホッグ』。

王族により封印されているはずのその存在の復活と討伐《とうばつ》劇は、民衆の間に一瞬で広まり切った。

「伝説の魔龍の出現に、人々は混乱したでしょう……。加えて、それが一人の若者に討たれたことにも驚愕《きょうがく》した。……その部分だけ抜き取れば、めでたしめでたしで話は終わるのですが……」

現実は空想劇などではない。

多くの人々が、龍を単独で討った若者・クロウの活躍にこう思っただろう。

〝なんで仲間の一人も連れず、コイツは龍と戦ったんだ？〟、と。

そして。


「情報通の者たちが調べていくうちに、発覚してしまいました。帝王ジルソニアは、クロウさんに仲間をつくることを禁じ、無理やり一人で龍と戦わせたことが……！」

——かくして今や、帝王への不信感はピークに達していた。


内地に魔物が入り込んでいる状況で、若者潰しを企《たくら》む老害。

封印していた魔物を知らずのうちに復活させてしまった無能。

平民の出世を一切許さず叩《たた》き潰す、老いさらばえた人間の屑《くず》。

そんな本性が、民衆たちに露見してしまったのだ。

「今や国家は、内部分裂寸前です。巻き起こる混乱も考えずに王を討とうとする者や、自分が王に成り代わろうとする者が溢れている。ただでさえ例の黒魔導組織や魔物たちが闇《やみ》から迫っているのに、民衆の心はバラバラです……！」

ゆえに。


その状況を、一気に覆《くつがえ》すとしたら。

そんな手があるとしたら、それは。

「……わかっていますよね、アイリス」

「っ……はい……！」

涙ながらにアイリスは頷《うなず》く。

彼女はきちんと、理解していた。

あのエルディアが、元聖剣の担い手である女が、クロウに指輪を差し出した瞬間から……もうわかっていた。

「『龍殺しの英雄』クロウ・タイタス。彼を我が夫とし、国家の象徴とすることが『最善』の道なのです……！」

その言葉に――金色に輝くエルディアの瞳に、アイリスは黙り込んだ。

かの聖剣・エクスカリバーの適合者には、強き正義の心が求められる。

そして、エルディアはその聖剣とあまりにも適合しすぎ、身体《からだ》の成長が止まったほどの者である。

正しき道だと判断したなら……それが弟子の恋を散らすことになろうが、敢行できる人間だった。

「クロウさんは頭の良い方。わたくしが指輪を贈った時点で、彼も『国家を守るための策』に気付いたはずです。……でも、もし嫌ならば冗談と受け取り、指輪を返してくれればいい話。

そんな逃げ道を残したのですが……でも、彼は」

「っ……！」

クロウはそれを、受け入れた。

アイリスから見てもクロウは賢い若者だ。どうすれば国を纏《まと》められるか気付いていたのだろう。

「クロウ、くん……」

苦しげにアイリスは思い出す。

計画が発表された食事の席で――エルディアの話に、凍り付いたようなクロウの顔を。

一見、予想外の事態に固まっているようにも見えるが、そんなことはない。アレは間違いなく『人生を捨てる覚悟を決めた男の顔』だ。覚悟を完全に固めていたからこそ表情筋が一切動かなかったのだろう。

「ごめんなさいね、アイリス。彼を想《おも》うアナタには、本当に悪いと思っています。だから……もしもわたくしを許せないなら、この場で斬《き》ることを許します」

そう告げる師に、だがアイリスは聖剣に手を伸ばすそぶりも見せない。

斬れるわけがあろうか。エルディアがこのような策を取ることになったのは、全て国を乱した帝王のせいなのだから。

そして——愛《いと》しきクロウも覚悟を決めて、エルディアとの婚姻を受け入れたのだ。

ゆえに。


「私……アイリス・ゼヒレーテは、誓います……！」


片膝《かたひざ》をつき、大粒の涙をこぼしながら、アイリスは言い放つ。

「クロウくんを——『龍殺しの英雄』クロウ・タイタス様を、この国の王とすることをッ！」

高らかに響く騎士の宣誓。彼女はクロウを、国家の新たな柱にすることを強く誓った。

たとえそれが——愛しき男と、永遠に結ばれないことを意味していたとしても。


なお。

「エルディア様曰《いわ》く、『亡き帝王の父の座に代わってジルソニアを裁き、民衆に正義を示してほしい』かぁ。はぁ～～～～～、要するにみんなの前で年上の人叱れって話だろ？　やりたくないよぉ～、気まずいよぉ～……！」

……ベッドの上を転がるクロウ。

女騎士が凄《すさ》まじい覚悟を決めていることも知らず、渦中の男は凄まじく浅そうな理由で悩んでいた……！

そもそもクロウの認識は、『お父さん代わりになって帝王を叱ろうって冗談言ったら、なんか本気に受け止められちゃった！』という程度のモノである。

こいつは国家がやばいことも深く把握していないし、その事態にエルディアが限界だったことも知らなかった。

とにかくこの男、頭の出来は最底辺まで悪いわけじゃないが、『察しの悪さ』に関しては並ぶ者なき人類一位の王者なのだ。

そしてタイミングの悪さに関しても人類一位のダブルクソ二冠王だったりする。

その結果。


「ったくエルディア様ってば、冗談を冗談と受け取ってくれよ～」


……このダブルクソ二冠王は、色々と限界かつ国家を纏め上げる道がクロウとの結婚しかなかったエルディアに、プロポーズと受け止められなくもない冗談を敢行。

こうして、エルディア側からしたら『自身の婚約者になって帝王を断罪し、国家の新たな指導者となってくれる人』と思われてしまったわけだ。

まさに地獄のような状況である。

限界国家の爆発寸前な未来を前に限界クソアホバカが限界正義マン未亡人に『どしたん？　話きこか？』とゴミみたいなタイミングでナイスコミュニケーションしてしまったことで、帝国の歴史は無駄に大きく動こうとしていた。

のちの歴史学者からしたら偉大な一歩を踏み出した瞬間かもしれないが、実際はオッサンの貧乏ゆすり並みに価値のない運動行為である。

「はぁ～。若い店主がバイトのオッサンを叱ってる店に入ったことあるけど、アレはマジで空気悪かったよなぁ～……どうしよぉー……」

……こうして、国家の未来を握ることになった男・クロウはクッッッソ浅い次元で悩み続ける。

そして、ここから数分も転がったり悩んだり友達のフカシくん（※死んでる）の言葉を思い出したりした挙句、最終的にグースカと眠りこけるのだった……！

アイリス「国を纏めるために人生を捧げるなんて……
救世主になる気か、クロウくん！」
エルディア「ごめんなさい……でも、
アナタのおかげで国は救われます……！」
クロウ「うわ〜〜〜ん！」↑うんこ

第四十五話　想《おも》いは至りて（？？？編）

そして。

「――……クロウくん、もう寝ているのか？」


月も隠れた真夜中に、アイリス・ゼヒレーテはクロウの部屋を訪れた。

扉の向こうから返事はない。部屋の主がすでに眠っていることを察したアイリスは、そっと静かに扉を開けた。

「クロウくん……」

ひたり、ひたりと、足音を殺し、ベッドに眠る彼に近寄る。

ああ、よほど疲れているのだろう。まったく起きるそぶりはなく、まるで死んでいるかのように深く眠り込んでいた。

「無理はないな。死にかけの状態から目覚めてすぐに、戦うことになってしまったのだから……」

本当に苦労が絶えない青年だと、アイリスは苦笑を浮かべながら彼を撫《な》でた。

わずかに硬い黒髪の感触が気持ちいい。

この一週間、汗ばまぬよう暇さえあれば拭《ぬぐ》ってやったモノだ。

「ふふ……なぁおい、酷《ひど》いじゃないかクロウくん。私はこんなに、キミのことを考えているのに。……お互いの想《おも》いだって、あの日打ち明け合ったのに……！」

流れきったと思った涙が再び零《こぼ》れる。

思い返すのは、セイラムの街をクロウと共に歩いた日の記憶だ。

まだ一月も経《た》っていないのに、今やずっと昔の出来事に感じた。

「あの日、あの場所で……お互いに、大好きだって言ったじゃないか……！　それなのに、私の師匠と結婚するヤツがあるか馬鹿《ばか》ぁ……っ！」

溢《あふ》れた激情が止まらない。

アイリスは崩れ落ちるように膝《ひざ》をつくと、眠るクロウの胸に顔を埋《うず》めた。

「どうしてっ、どうしてこんなことになったのだ……！」

理解している。あの決断はクロウにとっても、きっと苦渋のものであったのだと。

国家を纏《まと》め上げるために、王族に身を捧《ささ》げる決断……。少なくともアイリスには、そんな真似《まね》はできなかった。

「なぁ、クロウくん……！　どうか今夜だけは、恋人として……！」

ベッドに乗り上げ、男の身体《からだ》に跨《また》がるアイリス。

ああ、つくづく自分は浅ましい女なのだと理解する。

エルディアの前でクロウを王にすると誓ったのに……彼への想いを拭い捨てると決めたのに、この有様《ありさま》だ。

肉体と肉体の触れ合った部分が熱くなる。腹の奥から、愛する男を求める想いが溢れそうになる。

「クロウ、くん。こんな私を、どうか許して……！」

国のために、只人《ただびと》の生を捨てることを決めたクロウ。

そんな彼へと、アイリスは謝罪しながら身を倒した。

「んっ、あぁ……！」

押し付けた豊満な胸の先に痺《しび》れが走る。

一気に押し寄せてきた彼の匂《にお》いに、頭がどうにかなりそうになる。

ああ駄目だ。これは麻薬だ。気付けばアイリスは狗《イヌ》のように息を荒くし、クロウの首筋に顔を沈めていた。

もう興奮が止まらない。さらに、そこで息を思うままに吸い込めば……！

「ふぁあぁぁああぁぁあ……ッ！」

アイリスの肢体《したい》が痙攣《けいれん》を起こす。濃密すぎる若者の香りに、ビクッ、ビクッと背筋が跳《は》ねて肌があわ立つ。

愛する男の匂いというのはこんなにも魅力的なのか……。

まるで、肺腑《はいふ》の奥まで甘い毒で満たされていくようだ。浅ましい欲望が、もうどうしようもなく止まらない。

〝この雄《オス》と情欲を交わせ〟と――粘ついた女の声が、熟れた胎《はら》から脳髄《のうずい》に響く。

「クロウくん、クロウくん……っ！」

もう駄目だ。もう限界だ。こんなの耐えられるわけがない。

一夜でいいから、彼が欲しい――！

「クロウくんッ！」

そして。

アイリスは眠る男の唇を、無理やりに奪おうとし――。

「ク、ロッ、ッゥ……あぁあっぁッ！　馬鹿かッ、私は！」

咄嗟《とっさ》に跳ね起き、柔らかなベッドを強く殴ったのだった。

「はぁ、はぁ……！　あぁ、もう、自分が嫌になる……！」

嫌悪感に泣き濡《ぬ》れるアイリス。

卑劣《ひれつ》なるくちづけを行おうとした瞬間、彼女の視界にクロウの顔が大きく映った。

まだ二十代にもなっていない、ともすれば少年にも見える顔立ちだ。

――そんな若者が、国家のために身を捨てる覚悟をしたというのに。自分は一体、何をしようとしているのか？

そう思い至った刹那《せつな》、アイリスは理性を取り戻したのだった。

「ごめんね、クロウくん……ごめんね……！」

涙ながらにクロウを撫でると、彼女はベッドから身を下ろした。

そして静かに立ち去っていく。

もう、先ほどのような間違いは犯さないように。今度こそ真に覚悟を決め、アイリスはドアノブに手を掛けた。

「――申し訳ございませんでした、クロウ様。一介《いっかい》の騎士の戯《たわむ》れを、どうかお許しくださいませ」

硬い声で言葉を残す。

それは、クロウを愛する一人の女のモノではなく、彼を王にすると決めた『女騎士アイリス』としての発言だった。

「おやすみなさい、未来の王様。アナタの征《ゆ》く道は、この私が……全力で守りますから……！」

覚悟を新たに、廊下へと消える女騎士。

こうしてアイリス・ゼヒレーテは、鋼《はがね》の決意で女を捨てることを決めたのだった――。


なお。

「すやぁぁぁああああああぁぁあぁぁ〜〜〜〜〜〜すやぁぁぁぁぁあぁっぁあああああ〜〜〜〜〜〜〜〜……ッ！」

〝国家のために身を捧げる覚悟を決めた若者〟ことクロウは、そんなことも知らずに眠りこけていた……！

相変わらずまッッッッたく状況を理解していない男である。

そもそもアイリスは彼と想いを告げ合ったと思っているが、クロウからしたら『（師弟として）大好き』だと言い合ったと思い込んでおり、想いのマッチング率驚異のゼロ％だったりした。

アイリス・ゼヒレーテ、覚悟の固め損である。

無駄にしてしまった鋼の決意でぜひナイフを鋳造《ちゅうぞう》してこの男を刺してほしい。

「すぴぴぴぴぃ～……（なんかイイ匂いしたり声がした気がするけど、気のせいだよな！　あー、高いベッドふかふかできもちぃぃ～……）」

そうして一人穏やかに眠りを楽しむクロウ。

腹立つほどに無知であるがゆえ、本人だけはのんきなものだ。

王を叱る件も結局『年上さんに恥をかかせるとか嫌だなぁ』という程度の認識であるため、眠りを妨げるには至らなかった。

察しの悪さとタイミングの悪さ人類ナンバーワンのダブルクソ二冠王のくせに、微妙に善性に溢れているのがこの男の腹立つところである。

「ひゅぴゅー……（最近問題だらけだったけど、色々落ち着いたらマジで彼女とか欲しいなぁ！　おっぱいおっきいお姉さんが急に現れたりしないかなぁ～！　お金持ちでクロウくんに責任とか求めない人だと、バッチグーです！）」

……周囲がシリアスなことになっているのも知らずに眠るクロウ。

そんな無自覚無責任野郎の元に――死神がごとく、一人の女が現れる……！

「ごめんなさい……！」

その声は、部屋の片隅の影から滲《にじ》み出した。

「ごめんなさい、クロウ様ぁ……！」

やがてゴポゴポッと水のように影が弾《はじ》け、薄桃色の髪をした女性が這《は》い出てきた……！

彼女の名は、フィアナ・フォン・アリトライ。

帝国騎士団の支部長の一人にして、武家貴族・アリトライ家の女当主であった。

それに加えて――クロウの貞操を寝ている間に奪った少女、ティアナの実の母親である（※なお未亡人だったりする）。

「あぁ寝息が聞こえるッ！　クロウ様ッ、まだ生きてらしたんですねぇぇぇぇぇぇ……！」

豊かな肢体を犬のように這わせながら、フィアナはクロウにずいずい近寄る。

彼女の細い両目からは大粒の涙がボッタボタ流れ出しており、這い寄った跡はナメクジのように湿っていた。

「クロウさまぁぁぁぁぁぁあぁぁ……！」

……彼女がここまで限界未亡人になった理由。

それは、『自分のせいでクロウが死にそうになっている』と思い込んでいるからだった……！

「あ、あの日ッ、クロウ様が龍《りゅう》の討伐《とうばつ》を命じられた日、わたくしが支部長としてアナタをちゃんと庇《かば》えていたら……！」

クロウの残った右手をヒシィィイッと握るフィアナ。

腕ごと巨大な胸に抱き寄せ、クロウの手の甲に頬《ほお》ずりしまくる。

「わたくしのせいで、クロウ様は死ぬことに……ッ！」

溢れる涙が止まらない。


今フィアナは、こんな精悍《せいかん》な若者がなぜ今夜にも死ななければいけないのか——という、二周遅れの問題について悩んでいた。

——そう。このフィアナという女も、まッッッッたく状況を把握していないのである……！

彼女の認識は、『今日でクロウが死ぬ』という段階で止まっていた。

娘のティアナを引き取った際にクロウのことも見舞っているが、まさかそこから謎パワーに覚醒《かくせい》して復活したなんて思ってもいなかった。

「クロウ様っ、可哀想《かわいそう》なクロウ様……！　あぁ、どうかこのフィアナをお怨《うら》みくださいッ！　身体だけしか熟れていない脳の退行した無能な雌《メス》だと罵《ののし》りくださいッ！」

ガバッとクロウに抱き着く限界未亡人２号。

アイリスがクロウに抱き着くまでには部屋に入ってから一分ほどかかったが、彼女はそれを大きく上回る二十八秒の記録を叩《たた》き出した。淫乱選手権第一部門優勝である。

「あぁぁぁぁ、欠けた左腕の痕《あと》が痛々しい……！　呼吸は……意外と静かですが、これは逆に喘《あえ》ぐ活力すら残っていないということですよねぇッ⁉　あああああああああああ‼‼‼‼」

……フィアナはまったく気付かない。クロウがとっくに元気なことに。

魔力の無駄な消費を抑えるために左腕を消したことが、彼女から状況把握のチャンスを奪ってしまった。

だがしかし、だ。

もしも正面から屋敷を訪れていれば、エルディアやアイリスからクロウの状態を教えてもらうことができたのだが……。

「ふ、ふふふふふ……。申し訳ありません、クロウ様。影から影への移動を可能とする我が兵装、

『隠滅宝珠《いんめつほうじゅ》ハデス』を使ってまで、お部屋に忍び込んでしまって……」

薄暗い闇《やみ》の中、胸にかかった闇色の宝石が仄《ほの》かに光る。

魔導兵装『隠滅宝珠ハデス』。闇との一体化を可能とする冥王《めいおう》ハデスの兜《かぶと》の一部から精製されたモノであり、それを使えば屋敷に忍び込むことは容易であった。

――ではなぜ、そんなことをしたのかと言うと……？


「クロウ様……わたくし、責任取ります」


フィアナは上着に手を掛けると、ガバッッッと躊躇《ちゅうちょ》なく脱ぎ去った――！

自分の半分ほどの年齢の男に跨り、豊かな肢体を闇に晒《さら》す。

「アナタの人生を、何も残せないまま終わらせるわけにはいきません。ゆえに、誰にも知られるわけにはいかない行為だとはわかっていても……クロウ様ッ！」

意を決すると、フィアナは勢いよくクロウの唇を奪い取った――！

触れ合う男女《ふたり》の口の先。そこから漏れ出す熱い吐息がベッドの上の空気を染める。

一人の男の寝室が、二人が交わう愛の巣へと変貌《へんぼう》を果たしていく。

「んっ、ちゅ――……♡」

――クロウと二人きりになってからキスするまでのスピード、堂々の第一位決定であるッ！

これまでの成功者はフィアナの娘のティアナだけだが、部屋で二人きりになってからキスするまでは数時間もかかった。

だがしかしッ、共に食事をするなどまだるっこしいことをしていた娘とは違い、この女は一分でソレを成し遂げてみせたッッッ！

淫乱選手権第二部門優勝である。ダブルクソ女誕生の瞬間である。

しかも王太后《おうたいごう》の邸宅に不法侵入して夜這《よば》いをかますというテクニカルポイント百億万点の犯罪級（※実際犯罪！）プレイをやってのけたのだからもう圧巻だ。

残念ながら観客はいないが、フィアナの二つの卵巣内では未来の子供たちが万雷の拍手をかましていた。閉経すればいいのに。

「さぁクロウさん、『生きた証《あかし》』をどうかわたくしに残してくださいッ！　どうかわたくしに、責任を取らせてくださいませぇーーーーッ！」

――かくして交わる二つの影。

クロウ（※未成年者）に対し、どこかの女騎士が必死で踏みとどまった行為を全速力で犯していくフィアナさん（※三十六歳・子持ち）。

ああ、娘のティアナはキスと同じく数時間も葛藤《かっとう》したというのに、なんという速さなのか。

淫乱選手権第三部門、堂々の総合優勝決定。人類不貞ランキングナンバーワンのトリプルクソ女王がここに君臨を果たしたのだった。

そして、フィアナは加速する。

「**申し訳ありませんクロウ様申し訳ありませんクロウ様申し訳ありませんクロウ様申し訳ありませんクロウ様申し訳ありませんクロウ様申し訳ありませんクロウ様ッッッ！**」

謝るごとに、壁に映る影が倍速になっていく――――！

さらに、彼女が亡き夫（※政略結婚であることに加えて女性関係にだらしない相手であり情婦たちのところに通ってばかりでフィアナは愛されていなかった）からの指輪を放り投げた瞬間、その出力はさらに跳ね上がったッ！

バキバキバキィッという音を立て、ついにベッドが崩壊していく！

「クロウ様ぁあああああーーーーーーーーー！」

その躍動に、その生命の輝きに、実は部屋の隅で行為を見ていたクロウの魔導兵装たちが『これが人間の強さか……！』と戦慄《せんりつ》する……！

ヒトを食い物にしか見ていない闇の兵装たちが、人類との和解を考えた瞬間である。

「クロウ様っ、クロウ様っ！　申し訳ありませんッ、クロウ様ぁーーーーーーッ！」

「すぴぃぃぃぃぃぃーーーーー!?（ぎゃあああ!?　なんかどんどんエネルギーが吸われていくんですけどぉぉぉおおおおッ!?）」

闇の中で響く女王の咆哮《ほうこう》と、喰《く》い尽くされる獲物の絶叫。

今、フィアナは全力で獲物（※クロウ）に申し訳ないと思っていた。

王族の邸宅に侵入して娘の友達の十代の若者をブチ犯すという罪科の満漢全席みたいな真似をかましながら、その心は滅私奉公の想いに溢れていた。

間違いなくその清き精神の在り方が、彼女の強さの秘訣《ひけつ》だろう。

クロウを襲った理由は娘と同じく『死に向かっている男の種を残してあげたい』という切実なモノだが、支部長でありながらクロウを死地へ送ってしまったフィアナは、娘よりも何倍もその思いが強かった。

ゆえに、限界未亡人のフィアナは無敵だ。

アイリスのように罪悪感に圧《お》し潰《つぶ》されることは一切《いっさい》なく、むしろ『自分は正しいことをしている』と思い込んでいるのだから――ッ！

「クロウ様ぁあああぁーーーーー！」

「ぐごぎゃああああああああぁーーーーーーーーー!?!?!?!?!?（枯れるうううううううううう!?!?!?!?!?!?）」

……こうして、状況を何も把握していないダブルクソ王者は、状況をもっと理解していないトリプルクソ女王に喰い尽くされるのだった。

ある意味、裁きが下った瞬間である……！

――なお、翌日。

「……こんにちは、エルディア様。その、クロウ様はやはりもう逝《い》ってしまわれましたか……？」

「あぁ！　クロウさんなら先日、謎のパワーに覚醒して元気になりましたよ！　まぁ今朝はなぜかグッタリしてますが」

「えッツッ!?」

……驚愕《きょうがく》と共にお腹《なか》を押さえるフィアナ。

ずっしりと重い感覚が、手のひらから伝わってくる。

「『えッッッ』てなんですかフィアナさん？　まさか、クロウさんの回復が嬉《うれ》しくないと……!?」

「いッ、いえいえいえいえいえいえいえいえいえそんなことはないですよエルディア様ぁッ!?」

片手をブンブン振って誤解を解きつつ、フィアナは下腹部を押さえ続ける。

〝え、クロウ様が無事？　じゃあ『コレ』、どうすれば……？〟

と、トリプルクソ女王も苦悩の時を迎えるのだった……！

クロウ　「お金持ちで巨乳で美人な彼女
　　　　　ほしいなぁ！」　←クソ！

フィアナ「王族の屋敷に侵入して
　　　　　娘の友達の未成年の子を……！」　←クソ！

祝!!!!!!　ハッピーエンド!!!!!!!!!!!!!!

第四十六話　進撃の帝王

――クロウ・タイタスが目覚めてから一週間。

帝王ジルソニアの顔色は、日に日に悪くなり続けていた。

本日も朝から玉座にもたれかかり、宰相からの成果報告を呆然《ぼうぜん》と聞く。

「……申し訳ありません、陛下。クロウ抹殺《まっさつ》の件ですが……」

「今回も、失敗か」

もはや期待はしていなかった。

連日、連日、失敗続き。最初の日以来、クロウに近づくことすらできない始末だという。

今や帝王の心に、宰相スペルビオスへの信頼はなくなりきっていた。

「……もうよい。さっさと後任の宰相を用意するんだな、スペルビオス」

「なっ、陛下!?」

「ちなみに息子を挙げることは許さんぞ。貴様の一族は、永久に官職から排除してやる」

「そんなっ、酷《ひど》すぎますぞ陛下ッ!?　今までずっと仕えてきたのにぃぃぃぃいいいーーーっ!?」

泣き喚《わめ》く宰相を無視し、ジルソニアは玉座から立ち上がった。

ああ……嫌悪感に手が震える。

いよいよこの日が来てしまった。

クロウを抹殺できぬまま、ついに今日を迎えてしまった。

クロウ・タイタスという男を……取るに足らない平民風情《ふぜい》を、王族である自分が褒《ほ》め讃《たた》えなければいけない日が……！

国民の前での『公開受勲式』。

母・エルディアと多くの民衆たちの希望により迎えてしまった悪夢のイベントに、帝王ジルソニアは挑まなければならなくなってしまった。

「へっ、陛下おまちをッ！　全ては『白刃《はくじん》のアイリス』が悪いのですッ！」

そんなジルソニアの足元に、宰相は泣きながら追い縋《すが》る。

彼もまた必死な立場だった。これまで横暴な帝王の犬になり続けてきたのは、自身と子孫の栄達のためなのだから。

そのために捧《ささ》げた数十年の時間と努力を、無にして堪《たま》るかと縋り付く。

「あっ、あの女のせいなのです！　王太后《おうたいごう》の屋敷周りを四六時中嗅《か》いで回りッ、我が手の者をアイツが阻《はば》み続けているから！」

「……黙れ」

「アイリス・ゼヒレーテめッ、合法的に屋敷から離そうと召集令を出そうが、全て無視してくる始末！　あぁなんとふてぶてしいことかッ！　そう、全てはあの女のせいであの女のせいで……っ！」

「黙れと言ったのがわからんかァァアーーーッ!?」

ついに頂点に達する怒り。

帝王は黄金の杖《つえ》を振り上げると、ソレを宰相の頭蓋骨《ずがいこつ》に叩《たた》き下ろした——！

「ぐげぇええぇッ⁉」

傷と耳から脳漿《のうしょう》を噴き上げる宰相。老いた痩身《そうしん》が痙攣《けいれん》し、手足の筋が無様《ぶざま》に踊る。

明らかに致命傷だった。だがジルソニアの怒りは収まらず、何度も、何度も何度も何度も何度も——黄金の王杖《おうじょう》を、宰相の頭に叩きつける。

「死ねッ！　死ねッ！　死ねッ、死ねぇッ！　儂《わし》を苦しめる無能はみんな死ねぇッ！」

「あがッ⁉　ぎゃぴッ⁉」

玉座の間に響く怒号と絶叫。

帝王が吼《ほ》えるたび、美しき王杖が臣下の血潮に染まりゆく。

「ぉッ、やめッ、わッ！　私にはッ、愛《いと》しい、年頃の息子が……っ！　まだ、死にたく、なッ」

「知るかぁぁあああああーーーーーー！」

ひときわ強く叩きつけられる一撃。

それを最後に、ついに宰相は動かなくなった。

「ふぅーッ、ふぅーッ、ふぅぅーーー……ッ！」

——帝王ジルソニアが、王としての一線を越えた瞬間である。

これまで幾人も殺してきた彼だが、それはあくまで平民に限る。

貴族の者を、中でも自身に忠実な臣下を殺《あや》めたことは一切《いっさい》なかった。

だが。

「思い知ったか、スペルビオスゥ……！」

帝王はついに、殺めてしまった。

怒りのままに、数十年来の忠臣を抹殺してしまった。

老害の王が真の暴君に変わってしまった瞬間である。

「はぁ……くそっ、汚らしい血で王杖を穢《けが》しおって……」

もはや宰相の亡骸《なきがら》など一瞥《いちべつ》もせず、血に染まった杖だけを気にする帝王。

と、その時だ。黄金の杖が仄《ほの》かに輝くや、魔力の光が溢《あふ》れ出した。

「なっ、これは⁉　勝手に術を使っておるのか⁉」

これまで王家に受け継がれてきた黄金の杖。

それは欠損の一切ない形で現代まで伝わった、『完全魔導兵装』と呼ばれるものだ。

通常の魔導兵装が神話の武具の一部などから精製されるのとは違い、『完全魔導兵装』は神の時代そのままの美を誇っている。

ゆえにいつしか、レムリア帝国の王が受け継ぐモノとして扱われてきたのだが……。

「むぅ、何が起きるというのだ……⁉」

王の財宝として扱われてきたがゆえに、その名も能力も一切不明だった。

もちろん解き明かそうとした者はいるだろう。だが王家の宝であるために大それた実験などはできず、これまで詳細不明なままであった。

「これは……」

杖から放たれる黄金の光。

それは先ほど撲殺《ぼくさつ》した宰相の身体《からだ》に向かっていき、やがて変化を巻き起こす。

ブシュッという悍《おぞ》ましい音を立て、肉が溶解し始めたのだ。

宰相の死骸《しがい》はみるみるうちに液状になっていき、ついには骨や髪も溶け消えてしまった。

「お、おぉおぉ……！」

帝王の前に残ったのは、元人間の肉液が沁《し》み込んだ宰相のローブだけだった。

その末路に、杖の力に、ジルソニアは上機嫌に笑う。

「ふっ、ふははははッ!? おぉ、素晴らしいぞ王杖よ！ まさか人体を溶解する能力を持っていたとは……ッ！ こ、これならばっ！」

屈辱の未来に、光が差した。

ああ、なんと強力な魔導兵装だったのか。この能力を使えば、憎きクロウ・タイタスを完全に抹殺せしめられるだろう。

しかも死体すら残さずに、だ。

「ふふふふふ……よし、いいだろう。英雄であるクロウくんを、寛ッ大な心で讃えてやろうではないかッ！」

黄金の杖を握り締め、『公開受勲式』に堂々と向かう。

もはや嫌気はなくなった。クロウを抹殺する上で必要な儀式と思えば、喜んで彼を褒めてやろう。

あぁいいさ。何ならこれまでの暗殺容疑を認め、涙ながらに頭を下げてもかまわない。

そして。

「ヤツが油断したタイミングで呼び出し、杖の力で消し去ってやる……！」

確信する。この計画は必ず上手《うま》くいくと。

なにせ、自分たち王族すら杖の能力を知らなかったのだ。

ならばクロウが知るはずもなく、帝王に対して『一人では戦う力もない者』と思い込むだろう。

その印象を利用し、殺してやる。

「最後に勝つのは儂だッ、クロウ・タイタスッ！　はははははぁぁあーーー！」

高らかに笑いながら、玉座の間を去るジルソニア。

こうして彼は決戦の舞台に向かうのだった。

――憎きクロウ・タイタスの指に、母からの指輪が嵌《は》められていることも知らずに……ッ！

第四十七話　進撃の新帝王

「おぉ、あれがクロウ・タイタスかッ！」

「なんて凛々《りり》しいお顔を……っ！」

「伝説の魔龍《まりゅう》を討ったという、現代の英雄ッ！」


——どうしてこうなった、と俺は思う。

というわけで目覚めてから一週間後。

帝都一帯を挙げて俺の『公開受勲式』が執り行われることになった。

大通りの両脇に民衆たちがズラァァァアアアアッと居並び、その真ん中に敷かれたクソ長レッドカーペットを俺がズンズン歩いていく形だ。パレードってやつだな。

「クロウ様ー！」

「こっち見てー！」

「きゃーっキリッとしてるーっ！　絶対難しいこと考えてるー！」

……もう帰ってあんぱん食いたいと考えてる。

さっきから心臓がバクバクだ。

だって俺、田舎《いなか》に住んでた陰キャだぞ……⁉　ちょっと前まで数十世帯もない場所で暮らしてたんだぞ⁉

それが帝国の中心で、何十万人もの民衆に見られながら歩いてるってどゆことぉ⁉

しかも、

――チョイワル魂！　チラホラッ！　ウマソー！――


……腰には全自動人斬《ひとき》りソードのムラマサくん付きだ。

まぁ今は俺の精神世界に置かれた『ドラゴンの魂弁当』をクチャクチャして飢《う》えを凌《しの》いでてくれてるが、それでもビクンビクンッ反応しやがる。

お前、こんなところで刃抜いたら大パニックになるからな⁉　絶対やめろよ⁉

「おぉ、流石《さすが》は龍殺しの英雄ッ！　気迫に満ち溢《あふ》れておる……！」

「うむ……武芸に通じているゆえ判《わか》るが、いつでも腰の刀に手を伸ばせるよう意識しておる」

「あの若さでよく練り上げたものよ……」

ふぇえ、パレードの警備をしてるベテランっぽい騎士様たちがなんか評価してくるよぉー！

違うからッ！　いつでも刀を抜けるようにしてるんじゃなくて、ムラマサが暴走したとき取り押さえようと思ってるだけだから！

あーもうっ！　視線が突き刺さってプレッシャー半端《はんぱ》ないし、ムラマサが暴れないかずっと不安だしで、クロウくんお腹《なか》が痛いよぉ！

「――流石はクロウさん。堂々としてらっしゃいますねぇ」


そんな俺に、左下から小声で話しかけてくる人がいた。

白髪ロリータの王太后《おうたいごう》、エルディア・フォン・レムリア様だ。

彼女は今、俺の腕をひしッッッと取りながら一緒に行進していた。

……っていやなんでだよッ！

帝王のママなんだから帝王と一緒にいなきゃいけないんじゃないのぉ⁉

あとちょっと俺に寄り添いすぎてません⁉

「……エルディア、帝王の側《そば》にいなくていいのか？　こんな姿を見たら困惑するぞ？」

「ふふふ、今さらですよクロウさん。むしろわたくしは、もっと早くにあの子を見放すべきだったんです。それが更生を信じて見守り続け、こんな事態になってしまった。アナタの人生を、奪うことになってしまった……」

と、俺のことを申し訳なさそうに見上げてくるエルディアさん。

人生を奪うことになったって……あぁ、帝王のせいで龍と戦って死にかけたことね。

たしかに内臓がムラマサ製になって、これまで通りの生き方はできなくなっちゃったなぁ。

でも、エルディアさんが気にすることないと思うんだが。

「クロウさんのこれからの人生は、わたくしが一生面倒を見ますからね……！」

って、人生一生面倒を見る⁉

いやいやいやいやッ、エルディアさん責任を感じすぎだろ⁉

俺もうピンピンしてるからそこまではいいよ！　あくまでも悪いのは帝王で、お母さんに罪はないっすよ⁉

「……気にすることはないさ、エルディア。全ては息子の責任だ。アナタはもう気に病むことなく、女性として次の幸せを目指すといい」

エルディアさんめっちゃ美少女だからねー。

まぁちょっと幼すぎる感はあるけど、結婚を望む相手はいるだろ。

そんな誰かさんを見つけて幸せになればいいと思いますよー。

「っ、クロウさんってば優しすぎますよ……。わたくしなんて、もうおばあちゃんですのに……」

「フッ、関係ないさ」

クロウくんは気遣《きづか》いができる男ですからね。

〝自分みたいなおばあちゃんに再婚相手が見つかるわけないでしょ〟と思ってるらしいエルディアさんに、自信の出る言葉をいっぱい投げちゃいますよ！

「アナタはとても美しい。こんな花嫁を手にできて、不幸せに思う男がどこにいる？」

「はうっ⁉」

おぉ、エルディアさんが赤くなったぞ！　すごく喜んでるみたいだなッ！

恥ずかしがり屋で口下手な俺だが、アイリスさんやエルディアさんみたいな別世界の住民すぎて一切《いっさい》脈のない相手なら、遠慮なく褒《ほ》めることができるからな。キザなセリフだって吐けちゃいますよ！

「麗《うるわ》しい姫君、我が剣にかけてアナタに誓おう。（※騎士として）アナタを生涯守り抜くと……！」

「はひぃっ⁉」

「だからどうか微笑《ほほえ》んでくれ。アナタの側には、このクロウが（※騎士として）いるのだから――ッ！」

「はほぉ⁉」

――民衆たちが見守る中、あえて彼らにも聞こえるような声で囁《ささや》く。

すると周囲の者たちは「わぁ……っ！」と沸き立った。

ふふふふ……これぞエルディアさんを元気にさせつつ、民衆たちからの好感度を上げる戦法よ。

たくさんの人たちが俺に好意的な目を向けてくれているが、それは今だけだろう。

俺みたいな田舎っぺが帝王に文句言い始めたら、みんな『なんだアイツ……』って思うに決まってる。

だからこそ、今のうちにみんなにちょっとでも好かれておこうってわけだ。

よくわからん田舎っぺから『レディに気遣いができる紳士的田舎っぺ』に印象をアップすることで、イメージダウンを軽減しようってわけだな。ふふふのふ。

「あぁ、クロウ様ってばなんて甘い言葉を囁くのかしら……！　ただでさえ乙女心《おとめごころ》に響くのに、もし私が愛のない結婚の果てに子育てに失敗して一人孤独に悩み続けてきた立場だったらクリーンヒットよ！　今日が排卵日になってしまうわ！」

「おいおい、あの口説かれてる美少女ってエルディア王太后だろ？　あんなナリだが、帝王の母親だっていう……！

医学的に女性の脳は更年期を迎えるまで加齢するごとに性欲が増す仕組みになってるが、その法則に当てはめるなら閉経することなく歳《とし》を取り続けた王太后の性欲は人類最大のモノになってるはずだぞ？　そこで若い男からアプローチされてみろ、脳みそが子宮になっちまうぞ……！」

「匂《にお》わせってレベルじゃねえよ……！　あのクロウってお人、大観衆を前にして言葉でピストンしてやがる……ッ！　こんなの伝説デキちまうだろッ！」

――「少子化対策してるよアイツら……」「エルディア様の顔見ろよ、国会招致の顔だよアレ……」

「国際交流決定だよ……」とよくわからんことを言う民衆たち。

むむっ。なんか俺のことを勘違いしてる連中がいるな。

あくまで俺は帝国騎士として王族のエルディア様に優しいこと言ってるだけで、恋愛的な意味とか全然ないからな？

はぁ～まったく。何でもかんでも色恋ネタに繋《つな》げてくる陽キャ連中は困りますよホント。クロウくんの奥手遺伝子を髄液にちょっと混ぜたくなりますよ。

「まったく……外野が少々うるさいな。俺とエルディアの関係を、軽々しいモノと思われるのは不快だ」

「そっ、しょうでふよ、ね……♡　わたくしとアナタ様は、もう軽い関係じゃ、ないですよね……っ♡」

おっと、エルディア様がさらにこっちに体重を預けてきたぞ!?

ってか身体《からだ》あっつ！　もう顔色が赤を通り越してピンクになってるし、ドレスのスカートから汗がボタボタ落ちてるぞ!?

あっ……もしかしてエルディアさん、熱があったのか!?

そんな状態だけど、初めての式典に臨む俺が心細くならないよう、ついてきてくれたってことなのか……!?

う、うぉおおおッ！　流石は大天使アイリスさんのお師匠様ッ！　清き心に満ち溢れてるぜ！

クロウくんポイント１００点を上げよう！　５００点貯《た》めたら俺のパンツと交換できます！（いらんだろうけど）

「なるほどな……ならば」

俺のことを思いやってくれた体調の悪そうな女性が隣にいるんだぞ？

ならばやることは一つだろう。民衆たちからの好感度を稼ぐためにも、俺はその場で立ち止まると――。

「よっと」

エルディアの足と背中に手を伸ばし、胸の前まで抱き上げた――！

よしっ、これで体調不良のエルディア様を歩かせなくて済むな！

「ひゃっ、ひゃぁあああぁあぁあッ⁉　こっ、これっ、お姫様だっこ⁉　そ、そんなクロウさんっ！　皆さまが見てる前で、こんなっ⁉」

オヒメサマだっこ？　なんだそれ、田舎者だから知らないんだが。

まぁともかく、このまま進んでいくってばよ！

「クロウさまぁっ、みなさん見てるんですけどぉ⁉」

「フッ、恥ずかしがることはない。エルディアが病める時や苦しい時、それを支えるのが（※騎士である）俺の役目だからな」

「はぅぅぅぅぅぅぅう……ッ⁉♡」

謎の鳴き声を上げるエルディアさんと、キャァァァァッと謎の歓声を上げる民衆たち。

体調の悪い女の子を気遣うのは当然のことだからそこまで騒ぐことないと思うんだが？

まぁとりあえず、これで俺の好感度はそこそこのモノになっただろう！

よーし帝王のところにレッツラゴーだ！　がははのは！

「さぁ、行こうか。共に、（※エルディアさんの）息子を叱りにな」

「はひぃ……！♡」

◆　◇　◆

『――おい、前の列のやつが言ってたぜ？　クロウさんってば、みんなの前で、エルディア様を――』

『――は⁉　マジかよ⁉　すげぇよあの人……――』

天幕の薄布の向こうより響く、民衆共の声がわずらわしい。

「まったく、騒がしい連中だ……」

これだから市井《しせい》になど赴きたくなかったのだと、帝王ジルソニアは溜《た》め息を吐《つ》いた。

――パレード形式の公開受勲式は、クロウ・タイタスが帝王の下に向かう形となっている。

長く続くレッドカーペットの向こう。パレードの終了地点は帝都中央の大広場となっており、そこに設けられた天幕の中にジルソニアは鎮座していた。

「ククク……さっさと来るがよい、英雄クロウよ。今日は存分におぬしを讃《たた》えてくれるわ」

邪悪な笑みを浮かべながら、帝王は黄金の杖《つえ》を弄《もてあそ》ぶ。

そう。本日限りはあの平民風情《ふぜい》にあらゆる美辞麗句を吐いてやるつもりでいた。

寛大な心で接してやろう。笑顔だって向けてやろう。死ぬほど嫌だが無礼も許し、全力で友好的に接してやろう。

そして後日――クロウ・タイタスが油断したタイミングで。

「使えない宰相のように、我が杖の力で溶解してやるわ……ッ！」

邪魔者が消え去る瞬間を夢想し、帝王は笑う。

かくして――会敵の時は訪れた。

天幕の薄布の向こうより、一人の男の影が近づいてくるのが映った。

それと同時に上がる歓声。広場に集った民衆共が、猿のように盛り上がる。

『やッ、やべーよ！　伝説のクロウさん来たよ！』

『龍殺しの英雄がどんなヤツかと思ったら、マジでやべーよ……！』

『税金使った式典ですげえモン見せてくれるよ……！　納税してきてよかったぁ……！』

……意味不明なほどに盛り上がる声が耳障《みみざわ》りだ。

クロウ・タイタスは大層な男前と聞いているが、だからとてアレほど狂乱するとは。

「フン、帝都の民度も落ちたものだな」

これが終わったら、選民政策でも打ち立ててやろうか。

自分を苛《いら》つかせた平民は全て溶かし殺してやろうと帝王は目論《もくろ》む。

そして……一番目に殺すのは、無論あの男だ。

「さぁ、顔見せと行こうか、ゴミ虫めッ！」

座椅子より立ち上がるジルソニア。

本来ならば平民ごときを立って迎えるなど不快の極みだが、今日だけは特別だ。

帝王は仮初《かりそめ》の笑顔を浮かべ、表舞台に姿を現す――！

「よくぞ来たッ、英雄クロウよ！　儂《わし》はおぬしを歓迎するぞォ！」

そして。

いざ勝負の時と、帝王ジルソニアがクロウを直《じか》に見た瞬間。

……勝負は一瞬にして決着がついた。

「――あぁアナタ様ぁ……♡　エルディアはもう足腰が立ちませんわぁぁ……♡」

「そうか、ならばこのまま帝王と話すか（そんなに体調悪いのかなぁ？）」

驚愕《きょうがく》の光景が目に映る……！

天幕から出た先にあったのは、クロウ・タイタスと……彼に抱かれて〝雌《メス》の顔〟を晒《さら》した、帝王の母・エルディアの姿だった――!!!!


「ほッ、ほぎゃあああああああああああああああああああーーーーーーーッッッ!?」


……奇声を上げて膝《ひざ》をつく帝王。

脳が壊れるような衝撃を受け、意識が一気に混濁していく。


ああ、もうこの時点で勝負はついていた。

今まで多くの平民の命を奪ってきた男が、平民に母親を寝取られるという最悪の意趣返しを喰《く》らった瞬間だった……！

だが――運命はまだ、彼に倒れることを許さない。

「危ない……ッ！」

意識を失《な》くした帝王が倒れようとした刹那《せつな》、誰かの腕が背中を支えてくれた。

その温かさと力強さに、父の姿を思い返すジルソニア。

あぁお父様……と、数十年ぶりに父を呼びながら、瞳《ひとみ》を開くと……。


「大丈夫ですか、帝王よ？　──いや、今はジルソニアと呼ぶべきかな」


そこには憎きクロウ・タイタスと、彼に抱き締められた母が、超至近距離でこちらを見下ろしていた……！

そして、気付いてしまう。

クロウの左手の薬指……そこに嵌《は》められた、王家の指輪に──！

「ではジルソニアよ。これよりこのクロウが、父に代わってお前を叱るぞ」

──衝撃の発言にどよめく民衆。天幕の近くに居並んだ臣下たちも、クロウの指輪と放たれた言葉に愕然《がくぜん》とする。

それは、つまり、もう疑う余地など一切なく……。

答え合わせをするように、エルディアは呆然《ぼうぜん》とする帝王に笑顔で言い放つ。

「ほらジルッ、新しいお父さんに怒ってもらいなさいっ！♡」

——こうして帝王は、王家がクロウに乗っ取られた事実を知るのだった。

「ほんぎゃぁああああああああァアアアアアアアアアアアアアアアアアーーーーーーーーーーッ⁉」

第四十八話　反省の帝王！

――今まで、帝国の高官たちは黙々と王に付き従ってきた。

帝王ジルソニアの平民への暴虐《ぼうぎゃく》を、笑顔で実行し続けてきた。

そうすれば気に入られるからだ。王の権威にあやかれるからだ。


ゆえに、標的になった平民の不幸など知らぬ存ぜぬ。


〝優秀な画家の平民が気に食わぬ〟と王が言ったら、事故に見せかけて腕を潰《つぶ》した。

〝優秀な学者の平民が目障《めざわ》りだ〟と王が言ったら、多方に圧力をかけて学会から追放した。


そして、二十年前には腕の立つ平民出の騎士を二人、再起不能にもしてやった。

手を汚すことは怖くない。

王の絶対的権威に守られた自分たちに対して、平民風情《ふぜい》ができることなど何もないからだ。

そう思い込んでいた高官たちだが、しかし――。

「あやつ……いや、あの人やべぇよ……ッ！」

「やばすぎるだろ……！」

「ひぃいいいいッ⁉」

今、高官たちは恐怖に震えていた。

クロウ・タイタスという男の逆襲に、心の底から絶望していた。

なんと帝王から狙《ねら》われていたあの男は、帝王の母・エルディア王太后《おうたいごう》を寝取ってみせたのだ……！

そして、完全にメス堕《お》ちしたエルディアの姿を何十万もの国民に見せつけ、帝王ジルソニアの前に連れてくるという始末……！


「お、恐ろしすぎるぞ、クロウ・タイタス……！」


その頭のおかしすぎる復讐《ふくしゅう》劇に、高官たちの心は完全に折れた。

ああ、誰が高齢の母親を寝取って、その発情顔を街中に晒《さら》してくる男に手を出したいと思うか。

あまりにも怖すぎるだろう。

今後、王からクロウの抹殺《まっさつ》を命じられても全力で断ろうと思った。

それに。

「クロウ……いや、クロウ殿の左薬指を見るがよい……！」

「あぁ、アレは間違いなく王家の指輪……」

「エルディア王太后が、アレをクロウ殿に贈ったとしたら……！」

もはや、政治的にもクロウ・タイタスは無敵ということになる。

王太后の伴侶《はんりょ》に選ばれた——それはつまり王族の一員、帝王ジルソニアの義父になったということだ。

無論、王家の血を引いていないという欠点はあれど、それは致命傷足りえない。

なにせ今のこの世界には、強大な魔物が至る所に跋扈《ばっこ》しているのだ。そして先日には黒魔導組織『黒芒嚮団《こくぼうきょうだん》ヴァンプルギス』なる者らの暴虐により、内地にも魔物が入り込むようになってしまった。

それによって平和ボケしていた帝都の者たちも、人類が未《いま》だ窮地である状況を思い知らされたところである。

つまり——今の王族に求められるのは、圧倒的『武力』。

どんな敵が襲いかかっても〝絶対に護《まも》ってくれる〟と思われるような、武のカリスマ性が必要だった。

「帝王陛下を含め、今の王族たちは実戦経験すらない。その点……クロウ・タイタスといえば……ッ！」

知られている限りのクロウの情報。

——魔導騎士団副団長・『白刃《はくじん》のアイリス』の唯一弟子というポジション。

——黒魔導士の襲撃により故郷を奪われ、怒りを胸に騎士になったというストーリー性。

——魔導兵装からの精神汚染を一切《いっさい》受けない、『伝承克服者』という特殊能力。

——テロ組織『黒芒嚮団ヴァンプルギス』により四方都市が壊滅する中、クロウがいた都市だけは守り抜かれたという実績。

——そして。人類の敵《かな》わない七大災禍《さいか》、『天滅のニーズホッグ』を単独で屠《ほふ》ったという伝説……！

完璧だ。

完璧すぎる。

完璧すぎてもう怖い。


そんな存在に対して、『王家の血を引いていない』というだけで王族入りを咎《とが》めて何になる。その者の卑屈さが周囲に責められるだけだ。

そもそも今の王家や貴族たちも、魔物との戦いで実績を挙げた先祖が讃《たた》えられ、結果として偉くなっただけなのだ。その点を踏まえればクロウの王族入りは何の問題もないことだった。

むしろ、『平民の血を引く者』が王家入りを果たしたことに対し、民衆たちは、

「おッ――おぉおおおおおおーーーーーーッ！　あの指輪って、そういうことだよなぁ⁉」

「クロウさんッ、王族入りかよ！」

「やべえええええええええーーーッ！」

――爆発するような大歓声が上がった。

エルディアと懇意《こんい》だった時点で、彼らも〝まさか〟とは思っていた。

だがそこで、クロウが帝王に指輪を突き付け、エルディアの口から『新しいパパよ』という言葉が出た瞬間、人々の期待は現実のモノとなった――！

「うおぉぉぉおおおッ！　『クロウ陛下』ッ、バンザァァァァーーーーイッ！」

無邪気に喜ぶ民衆たち。

龍殺《りゅうごろ》しの英雄が、自分たちと同じ立場だった平民が、世紀の大出世を遂げたのだ。これで盛り上がらないわけがない。

実利の面でも強き王族は大歓迎だ。ここ最近は魔物や黒魔導士の跋扈に怯《おび》えていた分、人々の喜びは一入《ひとしお》だった。

かくして『クロウの王族入り』に対し、高官たちは戦々恐々とし、民衆たちは華やいだ。

そう。誰もが完全に、クロウ・タイタスはエルディア王太后に婿入りしたのだと完全に思い込んでいた。

だが、当のクロウはというと……?


(――うっ、うわああああああああッ⁉ なんかみんなッ、すごい勘違いしちゃってない⁉)

……キリッッッとした顔のまま、クロウは泣きそうになっていた。

帝王に対して〝父に代わってお前を叱る〟と言ったこの男だが、それは言葉通りの意味なだけであって、『帝王の新たな父になる』など一切考えていなかった。

左手の指輪も、エルディアに『あの子のお父さんに代わるなら、式当日は絶対につけてほしい』と言われたから嵌《は》めていただけである。

(ぬおおおおお……ッ! エルディアさんが指輪つけてって言ったり、『新しいお父さん』に叱ってもらいなさいとか、紛《まぎ》らわしすぎる言い回しするからぁ……ッ!)

おかげでみんな勘違いしちゃって――と思うクロウだが、彼は気付いていなかった。

紛らわしいもクソもなく、エルディアは最初から、国を安定させるためにクロウと結婚する気だということに。

そして〝クロウのほうもそのつもりなのだ〟と彼女は思っていることに……！

（――クロウさん。国家のためにわたくしなどに身を捧《ささ》げてくれたアナタを、一生お慕いしますからね……ッ！♡）

あわあわしているクロウの内心など知らず、エルディアは彼に心からの敬意を贈る。

彼女の期待通り、民衆たちはクロウの王族入りを受け入れてくれた。この調子ならば、このまま新たな王にするのも容易だろうと考える。

かくして、交錯《こうさく》する人々の想《おも》い。


「――わッ、我らもクロウ殿を喜んでお支えしますぞォオオオッ！」


高官たちは手のひらを返し、クロウ万歳《ばんざい》と吼《ほ》え叫んだ。

高齢老母公開寝取り式典という最恐最悪の復讐劇を見せられたことでクロウに恐れをなし、そして民衆たちの反応を見て、クロウ・タイタスに付くべきだと判断したのだ。


「――クロウ陛下ッ、俺たちの国を守ってくれよーっ！」

民衆たちは相変わらず無邪気に騒ぎ続ける。

一時の感情に流されやすい民衆たちだが、それゆえに彼らは現実的で残酷だ。

〝ああ、強くて凛々《りり》しいクロウ・タイタスに比べて、奇声を上げて倒れた帝王のなんと無様《ぶざま》なことか。

それに帝王ジルソニアは平民嫌いとの噂《うわさ》もある。自分たちのことが嫌いな王を、誰が好きになるものか〟

……それが人々の総意である。帝王への嫌悪感が相成《あいな》り、民意は完全にクロウのほうへと傾いた。

こうして高官たちが裏切り、人々が盛り上がり、エルディアがクロウを敬愛し、当のクロウは（どうしようどうしよう）と一人うじうじする中。

完全に味方のいなくなった帝王は、強く杖《つえ》を握り締めた……！


（――許せん、クロウ・タイタスゥゥゥゥ……ッ！）


怒りを胸に、帝王ジルソニアは立ち上がる。

母を寝取られた衝撃に加え、周囲からの視線があまりにも痛い。もう辛《つら》くて辛くて泣きそうだ。

だが、唯一手にした黄金の杖が、折れそうな心を支えてくれていた。

（そうだ、儂《わし》にはまだこの杖がある。生物を溶解せしめるこの杖が。……だから儂よ、今は耐えろッ！

クロウを殺す隙《すき》をつくるため、今は屈辱に耐え忍べッ！）

奥歯が砕けるほどに噛《か》み締め、必死に怒気を押し殺す。

全ては、クロウを抹殺するために。

高齢老母公開寝取り式典で受けた脳の砕け散るような屈辱を、臓腑《ぞうふ》の奥へと呑《の》み込んだ。

キレそうだし泣きそうだし吐きそうだけど、彼はもう全力で我慢した。

そして。


「クロウ・タイタスよ――すまなかったッ！」


人々が見る中、ジルソニアは堂々と頭を下げたのだった……！

その姿に、その言葉に、クロウは思わず目を見開く。

「ジルソニア……？（えッ、えッ、帝王様が謝ったッ⁉　えっ⁉　この人から見たら、お母さんを寝取ったような状況なのに⁉）」

驚愕《きょうがく》に固まるクロウ。

そんな彼に、間髪入れずに帝王は続ける。

「母が、おぬしに心を預けてしまうのも無理からぬ話だ。なにせ息子の儂が、あまりにも情けないのだからァァァァッ！」

涙をこぼす帝王。

その様子に――チョロいクロウは簡単に引っかかった。

「そうか、自覚はあったのか……（って、なぁぁぁんだっ！　帝王様ってば話せばわかりそうな人じゃーん！）」

内心クロウはホッとした。

元々、式典で王を叱るという話になった時は、『絶対キレられるだろうなぁ』と不安に思っていたのだ。

そして当日になってみれば、エルディアが紛らわしいことを言って彼女の婚約者だと思われる始末。これは完全に怒られるとビクビクしていた。

だが、ふたを開けてみればどうだ。

どんな恐ろしい男かと思っていた帝王が、大観衆の前で堂々と頭を下げてきたのである。

この潔《いさぎよ》さには思わずアッパレとクロウは感服した。

「エルディアとの件は後で詳しく話すとして……ジルソニアよ。謝るということは、俺を暗殺しようとしたことも認めるということだな？」

「あぁそうだ。儂も男だ、罪から逃げずに認めよう……ッ！」

はぐらかさずに頷《うなず》く帝王に、さらにクロウは感心する。

この男は思考がヘニャヘニャなので、正面切って反省されると『じゃあ許しちゃおっかなぁ』と思ってしまうのだ。

――これがキレてる時なら『知るか黙れ絶対殺す』の一点張りだが、普段は悪い意味で温厚だった。

「そうかジルソニア。自分がいかに愚かな存在かわかっているようだな……（なんだよ、普通に改心してくれそうじゃん！）」

こうして内心胸を撫《な》で下ろすクロウと、

「う、うむ。儂は愚かな罪人だ……！（って誰が愚かだブッ殺すぞキサマッ！）」

表面上は謝りつつも、内心ブチ切れまくっている帝王。

そんな二人の高度な心理戦が、無駄に幕を開けたのだった――――！

第二巻最終章

高齢老母無自覚寝取り野郎

ＶＳ

クズ老害

地獄ゴミバトル開幕――――！

第四十九話　驚愕《きょうがく》の嚮王《きょうおう》

『エルディアとの件は後で詳しく話すとして……ジルソニアよ。謝るということは、俺を暗殺しようとしたことも認めるということだな？』

『あぁそうだ。儂《わし》も男だ、罪から逃げずに認めよう……ッ！』


――クロウと帝王のやりとりの一部に、民衆たちは驚愕《きょうがく》した。

なんと帝王ジルソニアは、英雄・クロウを殺そうとしていたことを、堂々と明かしたのだ。

元より『王宮に声が届くほど活躍した平民は、数年以内に大怪我《おおけが》を負う』というジンクスがあった。

大っぴらには話せないが、帝王がやってるんじゃないかという噂《うわさ》があった。

それを……そんな手段を使う邪悪な王であることを、ジルソニアは認めたのだ。

当然ながら、人々は激怒した。

「っ、ふざけるなぁああああああーーーーーーー！」

「なんだお前！　なんてことをしてんだよ！」

「死ねぇジルソニアッ！」

帝都に吹き荒れる罵声《ばせい》の数々。

もはや不敬罪など知ったことかと、人々は怒りと怨嗟《えんさ》をぶつける。

――それに対し、帝王は内心で（クソがァアアアアアァッ！）と吼《ほ》え叫んだ。

「（民衆風情《ふぜい》が儂を罵倒《ばとう》しおってぇッ！　クソッ、こうなるから明かしたくなかったのだ！）」

老害である帝王とてわかる。

もう、こうなったらおしまいだ。

ここまで民衆たちからの反感を買ってしまえば、退陣を余儀なくされるだろう。

それはもはや避けられない運命だ。

だが。

「（儂は、覚悟したぞォ……！　もはや儂の王位は諦《あきら》めた。その代わりに、クロウ・タイタスだけは絶対に殺すとッ！）」

黄金の杖《つえ》を握り締めるジルソニア。

彼は元々秀才である。

クロウ・タイタスが絶対的な人気を誇るに加え、王族エルディアと婚姻した時点で、もう『自分は玉座から追い出され、後釜にはクロウが座る』という結末が読めていた。

あぁそうだ――だから、玉座も尊厳ももう全て投げ捨ててやる。

その代わりに。

「（クロウ・タイタスよッ！　お前からの信頼だけは勝ち取り、油断させた隙《すき》に殺してやるわァァアッ！）」

腹をくった帝王は、民衆たちのほうを見ると。

「（いくぞォーーーーーッ！）」

勢いよく膝《ひざ》をつき――堂々と土下座をしたのである！

「皆の衆ッ、本当にすまなかったァァアアアアーーーーーーーーッ!!!!（クソがあああああああああああああああああああああああああああああああああ!!!!!!!!!!!!!!!!）」

それは、あまりにも美しい土下座だった。

豪快な勢いを伴いながら、頭を下げた後の姿勢は彫像のように完成された、渾身《こんしん》の想《おも》いを込めた土下座だった……！

『――――……え？……――――』

その所作に、その潔《いさぎよ》さに、民衆たちは固まった。

傲慢《ごうまん》で悪辣《あくらつ》な帝王が見せた、心からの気持ち（※殺意）が籠《こ》もった美しき土下座。

これには思わず、喉《のど》から出ていた罵声が止まってしまう。

大きな困惑と……そしてわずかに湧き上がる感心の想いが、怒号を吐くのを忘れさせてしまう。

「クロウ・タイタスよッ！　そして数十万人の帝都の者たちよッ！　どうか見てくれ、感じてくれ！　愚かな儂が反省する姿をッ！　本当に……本当にすまなかったぁあああああああ!!!!」

ああ――民衆の中の一人の大人が想像する。

五十も過ぎた年齢になり、社会的地位も持った立場になりながら、大勢の前で頭を下げる気持ちを。

恥ずかしいだろう。死にたくなるだろう。涙が出るだろう。

頭を振り下げるまでに、きっと絶大な勇気がいるだろう。

それも何十万人もの人々を前にしてである。

自分なら、きっとできないだろう。

「すまなかったッ！　本当にみんな、すまなかった！　なんのお詫《わ》びにもならないがッ、どうか儂の無様《ぶざま》な姿で少しでも溜飲《りゅういん》を下げてくれッ！」

大の男なら絶対に躊躇《ためら》ってしまう行為。

それを、帝王ジルソニアはやってのけたのだ。

「すまぬぅ……！」

謝るのも当然のことをしてきた悪人だ。

だが、悪人の中に堂々と反省できる者がどれだけいる？

「帝王よ……」

「アンタ……」

「くそっ……」

恥も外聞も捨て、必死に謝るその姿に、少なくない者が心を打たれた。

暴虐《ぼうぎゃく》を行ってきた王は数いれど、それを恥じて国民に謝れた者が、歴史上どれだけいるだろうか。

土下座まで敢行した王が、どれだけいるだろうか。

完全に許す気にはなれないが、その謝罪を馬鹿《ばか》にできる民衆は一人もいなかった。

広場に吹き荒れていた怨嗟は、王の誠心誠意の土下座に収まっていく。

なお。

「どうか儂の愚かな姿を目に焼き付けてくれぇ……！　（ゴミがああ!!!!!!!!!!!!　お前らいつか絶対目玉潰《つぶ》してやるからなあああ!!）」

……当然反省する想いなど一切《いっさい》なく、老害野郎はブチキレていた。

高齢老母公開寝取りパレードの時点でもうバチバチにキレてたのに、民衆の前で土下座するなど憤慨の極みだ。

怒りで真っ赤《まっか》に染まる顔……。

ボロボロと零《こぼ》れ落ちる憤怒の涙……。

「うぐぅううううううううううう！　（ぐやじいいいいいいいいいいいいいいいいいいいいいいいいいいいいいいいいいい!!!!!!!!!!!!）」

そして喉から噴き出る怒りの声。

帝王はもう完全沸騰状態である。

だが何も知らない民衆たちは「あぁ、この表情は演技じゃない。本気でこの人は反省してるんだ……！」と勘違いするのだった。

さらに。

「ジルソニアよ……ッ！（なんだ!!!!　帝王いいやつじゃん!!!!!!）」

――頭チョロチョロのクロウは、すっかり帝王を信じ切っていた。

「（すげえなぁ帝王……！　いい年こいた大人が土下座謝罪なんて、そうそうできねえよ！）」

キリッッッッとした顔が、思わず感動にほころびかける。

これまで、ムラマサという一切悪びれず暴虐を働いてきたDV彼氏と常に共にいたクロウである。

たとえ相手が命を狙《ねら》ってきた者だろうが、『反省できる』という一点で評価は爆上がりだった。

「ジルソニア、お前の気持ちはもうわかった……！　もう、頭を上げてくれ……！」

五十過ぎの男が土下座をし続けるなど屈辱の極みだろう。

帝王を慮《おもんぱか》って頭を上げさせようとするクロウだが、それを帝王は拒《こば》んだ。

「ダメだっ、まだ反省の想いが伝わっていないぃッ！（邪魔をするなクロウッッッッ!!!!　儂はもっとお前に反省の想いをわかってほしいのだ!!!!　そして儂を信じ切って殺されろクソがぁあああああああーーーーーーーーッ!!!!!!!!）」

帝王は土下座をやめるどころか、ビタンッビタンッと頭を叩《たた》きつけ始めた――――！

これが老害の本気である……！

気に入らない若者を潰すためなら、何でもする凶悪性。

老い先が見えてきたがゆえの、捨て身度マックスな行動力――！


「や、やめろジルソニアッ！　頭が割れるぞジルソニアッ⁉」

「うおおおおおおお儂を罵《ののし》れクロウォオオオオオオオオッ‼‼（死ねえええええええええええ‼‼）」

「ジルソニアァアアアアアアアアアッ‼‼（なんてイイヤツなんだお前はああああああああああああ‼‼‼）」


……まさにカオスの極みである。

かくして、高齢老母寝取りパレードから老害帝王土下座ドラムで民衆の熱狂は跳《は》ね上がりだ。

『うッ、うぉおおおおおッ⁉　帝王のヤッツ、頭蓋骨《ずがいこつ》をバキバキ言わせながら謝罪してるぞッ⁉　どんだけクロウさんに反省してるんだぁあああああーーーーーー⁉』

老害脳の奏《かな》でるビートに国家《フロア》の空気は大爆発だ。

ああ、もはや税金制度に文句を言う者はいないだろう。

こんな歴史書に絶対載ってない光景を国税で見れると知れたら、他国だろうがふるさと納税不可避である。

さらに帝王の奏でるビートはさらなる音を呼び起こす――！

「あああああジルゥーーーーッ!!!! わたくしの可愛《かわい》い息子ォオオオオーーーーーーーーッ！」

高齢老母・エルディアの感動に咽《むせ》ぶ声が伝説のセッションに加わった――！

――もはや民衆は涙不可避だ。

もう五十代の更生不能な老害息子が、心を入れ替えた時の老母の歓声。

そんなものをナマで聞ける機会なんてこの世に存在するだろうか!?

いいやない。

どんなにご都合主義の感動物語だとしても、ひねくれ切った中年過ぎのヘイト野郎が人格を改めるシーンなど絶対にありえない。

そんな絵空事でも起こらない奇跡が、いま人々の前で起こっているのである！

なお――！


「ジルゥウウウウウウウウウウウウウウウウウーーーーーーーッ!!!!!!!!（まさか反省してくれる日が来るなんて!!!!!!!!）」

「申し訳ありませんでした母上ええええええええええええええええ!!!!!!!!（テメェ若い男にそのかされやがって殺すぞババァアアアアアアアーーーーーーーーーーーッ!!!!!!!!）」


――帝王は相変わらずブチ切れ放題だったが！

だが真実を知らない人々からすれば、まさに奇跡の瞬間である。

80・50問題も解決できると思えそうな感動シーンを実演してくれた王族親子に、人々は自然と「おめでとう！」「おめでとうッ！」と叫んでいた。

「さぁクロウッ、おぬしは父親代わりなのだろうッ⁉　だったら儂を叱ってくれぇぇぇぇぇぇぇぇぇぇぇぇ‼‼‼」

「あぁわかったよジルソニアッ‼‼　お前本気でゴミだと思うぞ‼‼　刺客に使った仮面集団や魔導兵装の数々をなんで国防に充《あ》てないのか馬鹿すぎて理解ができないぞ‼‼‼（これでいいかな⁉⁉⁉⁉⁉）」

「ありがとうその通りだクロウ‼‼‼‼（うるせえ殺すぞ‼‼‼‼‼‼‼‼）」

「あぁあああああああああああジルゥウウウウーーーーーーーーーーーーッ‼‼　クロウさんぁあああああああああああああーーーーーーーーーーーーーー‼‼‼‼（親子円満ンンンンンンンンンンーーーーーーーーーーーーーーーーーー‼‼‼‼‼）」

気付けば帝都は、感動の嵐《あらし》に包まれていた……！

頭部ダメージから認知症不可避の土下座ドラミングで心から謝る帝王・ジルソニア。
そんな息子の姿に（若い男に抱き着いたまま）狂喜乱舞する王太后《おうたいごう》・エルディア
そして――傷付いていたエルディアを癒《い》やし、ジルソニアに反省の意を示すきっかけをつくった男。

この感動の場面を生んだ、若き父親――英雄・クロウ！

その三人に、民衆たちは惜しみない拍手を送ったのだった――！

「おい帝王ッ、もう悪いことすんなよ！」

「よかったなぁエルディア様！」

「クロウ陛下ッ、バンザァァァイッ！」

祝福と拍手に包まれる帝都。

数日前まで魔物への恐怖と王族への不満に渦巻いていた地は、気付けば温かな想いに染まり尽くしていた。

その光景に……その未来に。


「――ぁ、ありえない……！」


一人の男が、呆然《ぼうぜん》と呟《つぶや》いた。

「ありえない、ありえない、ありえない……！」

ふらつきながら、クロウ一家の元へと歩いていく男。

その正気ではなさそうな様子に、警備していた騎士の一人が「おい止まれ」と肩を掴《つか》んだのだが、

「邪魔だ」

――ゴパッッッと、殴り潰される音が響いた。

一撃だ。男が騎士の頭を不意に殴ったその瞬間、まるで隕石《いんせき》を落とされたように騎士は弾《はじ》け潰れ、地面の染みとなってしまったのである……！


「ひっ――!?」


沸き上がっていた民衆たちが一斉に表情を引きつらせる。

彼らは訳もわからないまま、騎士を殺害した男を見た。

その男は、煤《すす》けた金髪をしていて。

かつては美男子だったことを思わせるような、老いながらも整った顔立ちをしていて……！

「ぁ、アナタは！」

「おぬしはッ!?」

クロウの妻・エルディアが瞠目《どうもく》し、クロウの息子・ジルソニアが戦慄《せんりつ》する。

ああ、なぜなら。


「……よぉ。二十年ぶりだな、母さんに兄さん」

この煤けた金髪の男もまた、家族の一員で――！

「俺だよ。ヴォーティガン・フォン・レムリアだ。かつては、アンタらの家族だった者で……」


そして。

男は、纏《まと》った黒衣に着けられた『七芒星《しちぼうせい》のバッジ』を指差した。

「今は、テロ組織『黒芒嚮団《こくぼうきょうだん》・ヴァンプルギス』のボスをやってる者だよ」

「「なっ――⁉」」

戦慄する母と兄を前に、嚮主《きょうしゅ》・ヴォーティガンは呟く。

――〝**まさか、新しいお父さんができてるなんて思わなかった**〟と……！

前回
エルディア「クロウさんと結婚します♡」
ジルソニア「えっ⁉」
物語の裏側
ラスボス「えっっっっっっ⁉⁉⁉⁉⁉⁉⁉⁉⁉⁉⁉」
※このあとずっと震えてました。

第五十話　さよならの帝王！

「ヴォーティガン……おぬし……！」

「やぁ兄さん。老けたなぁ、お互いに」

煤《すす》けた金髪の男を前に、帝王ジルソニアは固まった。

老害ドラムでボロボロの脳内が真っ白になる。

それは、突如として現れた弟が、黒魔導組織の長を名乗ったこともあるが……。

「何も言えなくなっちまうよなぁ。――なにせ、殺したはずの弟が急に現れちまったらよ」

「ッ！」

帝都の空気が一気にざわつく。

人々は「殺した……!?」「ヴォーティガン王子は、事故死したんじゃ……」と戸惑《とまど》い、王太后《おうたいごう》エルディアは顔を伏せた。

――なお、この場の中心にいながら何も知らない田舎者《いなかもの》・クロウは、キリッとした顔で（ほえ？）と頭にハテナマークを浮かべていたが。

「騒がせてわりぃなぁ、皆の衆。――さっき言った通り、オレぁ兄貴に謀殺されたんだよ。

二十年前。平民の血を引きながらも活躍してたオレは、疎《うと》ましく思われちまったみたいでよォ」

ヴォーティガンは語り出す。

かつてのジルソニアの凶行を。

「本当に、突然だったぜ。兄貴は側近の貴族共と結託してよ、弟のオレに刺客を山ほど寄こしやがったんだ。

で、だ――そっからどうなったっけなぁ、ジルソニア兄さん？　母さんからアンタはなんて聞いた？」

「あっ……ヴォーティガンは、死んだと。それで、死体も見せられて……」

「それ、母さんの嘘《うそ》な」

ヴォーティガンは真実を告げる。

〝腹違いの息子なのに、母さんは優しいよなぁ〟と笑いながら。

「当時、王子だった兄さんは知らないだろ？　国王とその伴侶《はんりょ》しか知ることのできない、隠し通路ってのがあってよ。母さんはそれを教えてくれて、外地まで逃がしてくれたんだ」

「なっ……じゃあ、あの死体は……!?」

「それ、オレの影武者のモノな。……気の良いヤツでさぁぁ、オレのために喜んで死んでくれたよ……ッ！」

――ヴォーティガンの声音に憎悪が滲《にじ》む。

それに反応する警備の騎士たち。一人が撲殺《ぼくさつ》されたことに注意し、複数人で彼を押さえんとしたが――無駄だ。

「よろしく、部下共《おめえら》」

『ハッ、嚮主殿《きょうしゅ》――！』

瞬間、舞い降りた三つの影に騎士たちは滅殺された。

ある者は潰《つぶ》され、ある者は焼かれ、ある者は無数に刺し穿《うが》たれた。

そしてブチ撒《ま》けられる鮮血と肉片。その光景に民衆たちは絶叫した。

「おっと、またまた騒がせちまったなァ民衆諸君。――ま、今のオレって悪の組織のボスだから、許してくれや」

飄々《ひょうひょう》と笑うヴォーティガン。

そんな彼の元に、三つの影が片膝《かたひざ》をついて降り立った。

「紹介するぜ。黒芒嚮団《こくぼうきょうだん》が『七大幹部』のうちの三人、ギラグくんにカレンちゃんにナイアくんちゃんだ」

そんな、まるで友達を紹介するように呼ばれた三人。

だが彼らから放たれる憎悪の視線は、帝王が震え上がるほどにおぞましかった。

「ブッ殺してッ、ヤらァァァ……！」

「久しぶりねぇ、ゴミクズ陛下……！」

「我らが敵よ、殺しに来たぞ。……あと、我らの邪魔をしやがったクロウ・タイタスもな……！」

巨人のような大男、火傷《やけど》まみれの美貌《びぼう》の女、そして灰髪の幼き少女から吹き荒れる濃密な殺意。

それらにより、熱狂していた帝都の空気が、一気に恐怖で染められていく（※クロウはキリッとした顔のまま怯《おび》えた）。

「恨《うら》まれてんなぁ兄さん。――部下共《こいつら》のためにもよ、オレぁアンタが民衆たちに罵《のの》しられる光景をつくり上げたかったんだ。それで、逆上したアンタが罵り返して、ついにブチキレた民衆たちに嬲《なぶ》り殺される未来が見たかったんだよ。それなのによぉ……！」

ヴォーティガンは視線を鋭くさせると、帝王の側《そば》にいる人物を睨《にら》んだ。

――すなわち、クロウ・タイタスのほうを！

「お前ってヤツは……なんで兄さんをまともにさせてんだよッ⁉」

「む（えッッッッ⁉）」

……これには、心臓が止まるほど驚いたクロウである。

これまでほとんど蚊帳《かや》の外で、『なんかやべーことになってんじゃん……？』と思いながら棒立ちだったクロウ。

だが、突然会ったこともない人物から怒られたのだ。心臓がノミサイズのこの男がビビらないわけがない。

「何だと、ヴォーティガン？（えっ、アンタ何言ってんの⁉）」

「何だとじゃねぇよ……ッ！　ゴミで、クズで、どうしようもなかったクソ兄貴が！　もう年老いて人格矯正《きょうせい》なんざ無理だと思っていた兄貴が、土下座までしたんだぞッ⁉　こんな事態は予想してるわけがねェだろうが……ッ！」

拳《こぶし》を振るわせるヴォーティガン。

目の前の男が内心ビクビクしていることも知らず、彼は「やっぱりテメェは危険だった！」と吼《ほ》え叫んだ。

「ここで明かしておくぜ。オメェを半殺しにした黒龍《こくりゅう》、『天滅のニーズホッグ』。アレを解放したのはオレだ」

「なに……（って何してくれてんのォオオオオオーーーーーーーッ⁉）」

彼が犯人だというのは、ある意味当然のことだった。

例の黒龍が封印されていた場所は、歴代の王しか知らぬ地とされている。

だが王とて人の子。どれだけ情報を隠そうが——王子のような身近な者には知られてしまっても、無理はなかった。

「封印の地を知っちまったのは偶然だった。だがオレは父王に愛されてたからな。本来ならば口封じされてもおかしくないんだが、『秘密にするんだぞ』と言われる程度だったよ。

——そして。四方都市を襲撃した時、オレたちが内地のほうから攻め込めたのは母さんのおかげだ。王族しか知らない外地への避難経路内に、さらに隠し通路を作り、内側に忍び込んで暴れてやったぜ。わりぃな母さん？」

「っ、アナタは……！」

次々と明かされていく最悪の真実。

両親の愛を受けた王子は、反逆者となって帝都に舞い戻ったのである。

全ては——兄への復讐《ふくしゅう》のために。

「四方都市襲撃も、魔龍《まりゅう》の解放も。全ては民衆共を恐怖に陥れ、帝王を廃絶させるためだった。ただ死んでもらうんじゃぁなく、自分の忌《い》み嫌った平民たちに唾《つば》を吐かれながら嬲り殺されてほしかったんだ。

だというのに……やってくれたなァ、英雄・クロウ……ッ！」

嚮主は憎悪を滾《たぎ》らせる。

おかげで、二十年来の復讐劇が台無しだと。

「男としては尊敬するぜ、クロウ。魔龍を倒した時のオメェは本当にカッコよかった。

だが、そんなお前に感化されたせいか、クソ兄貴が真っ当になるなんざ思わなかったよ。

完全に兄貴に愛想を尽かしていたと思ってた母さんが、オメェのせいで兄貴への愛を取り戻すとも思ってなかった……ッ！」

知らない、知らない、こんな結末になるなんて思わなかったと。

老いた王弟はクロウ・タイタスを睨みつける。

そして。

「殺してやるぞ、クロウ・タイタス……ッ！」

その言葉を、吐いた瞬間。

「――やめろッ、ヴォーティガン！」

帝王・ジルソニアが、堂々とクロウを庇《かば》うように立った――！

「っ、クソ兄貴……！」

「ジルソニア……⁉（うぉおおおん帝王っ‼‼）」

英雄を守護する男の姿に、ヴォーティガンは瞠目《どうもく》し、クロウは内心喜び泣く。

そして民衆たちもまた、彼の姿に胸を打たれた。

「王が騎士を、庇ってやがるぞ……！」

「国を滅茶苦茶《めちゃくちゃ》にした復讐鬼相手に、なんて堂々と……！」

「あの人は、帝王陛下はっ、本気で心を入れ替えたんだッ！」

その命懸けの行動に、もう帝王を悪人だと思う者は誰もいない。

ああ、確かに彼は罪人かもしれない。

そもそも彼が王弟の命を狙《ねら》わなければ、こんな事態にはならなかったかもしれない。

だがしかし。

王は民衆の前で土下座するほどに己《おのれ》を恥じ、捨て身で部下《クロウ》を庇うような人格者へと成長を遂げたのだ。

その光の道に舞い戻った男の姿に、感じ入らない者がいるか。

民衆たちから帝王が罵倒《ばとう》されながら死ぬ――というヴォーティガンの理想図は、ここで完全に崩れたのだった。

なお。

「クロウの命は、奪わせない……ッ！（コイツを殺すのは儂《わし》じゃボケぇええええええええええええええええええええええええええッッッ!!!!!!!!!!!!!!）」

……本当は老害度が限界突破しただけで、ゴミクズ街道一直線なのだが……！

だが、当然ヴォーティガンは知るよしもない。

生まれ変わった（※変わってない）兄の姿に、彼は苛立《いらだ》たしげに歯を軋《きし》らせると――。

「そうかッ、だったらお前から死ねぇーーーーッ！」

帝王の元へと一瞬で移動。そして、権威の象徴――黄金の杖《つえ》を奪い取り、

「はァァアアアッ！」

ジルソニアの胸へと、突き刺したのである――！

「がはァッ⁉」

「ジルソニアぁああーーーーーーッ⁉」

帝王の口から噴き出す鮮血。その光景に、クロウの口から本気の叫びが溢《あふ》れ出る。

頭ふわふわなクロウは完全に帝王に懐《なつ》いていたため、彼が老害であると一切《いっさい》気付かず嘆《なげ》き叫んだ。

そして――黄金の杖に刺された帝王は、徐々にその姿を消していく。

「あぁあぁあぁぁあぁぁッ、溶けるぅぅうぅぅう……ッ！（クッ、クロウを殺せず終わるの

か儂ッ⁉　嫌だあああああああああああああああああああ土下座までしたのにいいいいいいいいいいいいいいいいいいいいいいいいいいいいいいぃいいいいいいい
「ほう……まさかこの杖に、そんな力が。しかし人を溶かす神話の杖など、果たしてあったか……？」

興味深そうに杖を見るヴォーティガンだが、瞬間的に杖を投げ捨て飛び退《の》いた。

一瞬前まで自分がいた場所に、クロウが刃を突き立てていたからだ。

「貴様、よくも……！」

――軟弱なクロウが、初めて誰かを守るために自主的に刃を振るった瞬間である！（※なお、相手はカスの老害なのだが）

「あぁッ、ジルソニア死ぬな！　ジルソニアッ！（俺を命懸けで庇ってくれた数少ない人ぉおおおおーーーーーーーーーー‼‼）」

溶けていく帝王を抱き起こすクロウ。

悲しみのあまり、両目から涙が零《こぼ》れ落ちる。

「あぁ、クロウよ……！（ッッッッ⁉⁉⁉⁉⁉　こッ、このクソガキを泣かせたッッッ‼‼‼うおおおおおおおおおおおおおおおおおおおおおおおおおおおおおおおおおやったあああああああああああああああああ‼‼‼‼‼‼‼）」

……限界突破老害、大嫌いな野郎の涙に思わず内心大歓喜である。

死への恐怖も一瞬忘れ、ジルソニアは微笑《ほほえ》みながら、クロウの涙の伝う頬《ほお》へと手を伸ばした。

「あ、あぁ、な……な……！（その涙ペロペロせろぉおおおおおーーーーッ‼‼‼　オラお前もっと泣けッ!!!!　無様《ぶざま》にもっと泣き叫べええええええええええええええ!!!!!!）」

「ジルソニア……俺に、泣くなと言っているのか……!?」

――涙する若き騎士と、騎士に微笑みかけながら死していく老王。

その光景に、民衆たちは目を奪われた。

誰もが自然と涙を流し、その凄絶《せいぜつ》なる別れの場面に胸を打たれた……！

「ジルソニアぁあああーーーーーッ！」

「ジルぅうううううううーーーーー!!!!」

英雄が吼え、母が叫び、民衆たちが泣き声を上げる。

その結末に――ヴォーティガンは、「完全に負けた」と呟《つぶや》いた。

「クソ兄貴……いや、兄さん。アンタが、最初から、そんな人でいてくれたら……」

消えゆく王に送る、最後の言葉。

その声音には一切の憎悪もなく――、

「さようなら、兄さん」

ヴォーティガンは復讐者でなく弟として、兄に別れを告げたのだった。

――なお、その兄はというと。

「あぁぁ……――（クソがぁあああああああああああああああああああああああああ

ああああああああああああああああああああああ!!!!!!!!!!　よくも殺しやがったなクソ

弟があああああああああああ⁉⁉⁉⁉⁉⁉⁉⁉　生まれ変わったらお前はもちろんここにいる全員絶対後悔させてやるからなぁああああああああああああああああああああああああああ‼‼‼‼クソゴミクロウもカス弟も民衆共も皆殺しにしてやらぁああ‼‼‼‼‼‼‼‼‼‼‼)」

ジルソニアは最後まで老害だったのは、誰にも知られなくていい事実である……！

グッバイ老害、フォーエバー―――！

第五十一話　決戦の時――！

「兄貴は殺した――次はお前だッ、クロウ・タイタス！」

「っ⁉」

拳《こぶし》を振り上げるヴォーティガンに、クロウはわずかに行動が遅れる。

彼の腕の中には、衣服に隠れるほど小さくなった帝王の肉塊《にくかい》があったからだ。

皮肉なことに、それが窮地へと繋《つな》がってしまう。

「死ねぇぇぇぇえーーッ！」

そして、振り下ろされた凶悪な拳は――白き刃に、止められた。

「クッ、テメェは……！」

「『白刃《はくじん》のアイリス』、ここに推参した――！」

戦乙女《いくさおとめ》が如《ごと》く舞い降りた金髪の女騎士・アイリスにより、嚮主《きょうしゅ》の攻撃は防がれた。

彼は「面倒なやつが来たな」と吐き捨てながら大きく距離を取る。

七大幹部が三人もヴォーティガンの元に集い、全力でアイリスを警戒した。

「……すまない、クロウくん。不審な輩《やから》が近づかないよう、帝都郊外を警備していたために参戦が遅れた。まさか、敵は既《すで》に内側に潜んでいたとは」

「いや……仕方ないさ、アイリス。敵は王弟、こちらの内情を知り尽くした相手なんだからな……」

「クロウ、くん……っ」

王の亡骸《なきがら》を抱えながら俯《うつむ》くクロウ。

そんな彼の初めて見る様に、アイリスの胸がずきりと痛む。

……アイリスが郊外の警備を担当していた理由。

それは、師・エルディアと愛するクロウの仲のいい姿を見たくなかったからだ。

自分は身を引こうと決心したはずなのに……それでもやはり、そんな光景は見たくなくて。

それにより危うく、クロウを失うところだった。

「駆けつける時、遠目に見えたよ。クソだと思っていた帝王が、敵からキミを庇《かば》う姿を」

「ああ……！（帝王、いい人だったなぁ……！）」

「脳みその終わった完全老害だと思っていたが。人は、変わることができるのだな」

「ああ……！（そうだよッ、帝王すごいんだよ！　あの年でクソヘイト野郎から真人間になれるなんてやばいよッ！）」

――なお実際はヘイト街道一直線のまま脳も人生も終わったのだが、そこは誰も知らないところである。

ともかくアイリスは決心した。

自分も、あの男のように堂々と変わろうと。

一人胸の内で想《おも》いを改めるのではなく――愛する男の前で、宣誓してみせようと。


「クロウくんッ！　かつて私に、女性として好きだと言ってくれてありがとう！

だけどもう大丈夫だ。キミが国を安定させるためにエルディア様と婚約したように、私もこの人生を騎士として費やそう――！」


「ああ……！（って、あ、えあ、え、あぁ!?!?!?!?!?!?!?）」

そして――クロウ側の勘違いが解ける瞬間が訪れる。

「ぁ、ぁぁぁ……!?（えっ、好きって言ったって――え、それって前の街で、師匠として好きって言った時の話!?　えッ!?）」

思わず帝王の亡骸をぞんざいに置いてしまうクロウ。

――その時「ぐぇっ!?」と可愛《かわい》い声がした気がするが、それにまったく気付けないほどクロウは困惑していた。

「あぐぅぅ……!?（ま、まさかアイリスさん今まで、男女としての告白だと思ってらっしゃったのぉおおおおおおーーーーーーッ!?!?　え、それでアイリスさんも俺に好きって返してくれてたの!?

っていやいやいやいやいやいやいやいや⁉⁉　たしかにアイリスさんめちゃくちゃ美人で付き合えたら幸せだなぁとは思ってたけどッ、マジでぇえええええええええ⁉）」

もう恥ずかしいのと嬉《うれ》しいのと訳がわからないので、クロウの顔面は真《ま》っ赤《か》になった。

さらに呻《うめ》き声を漏らしながら全身がプルプルと震えた姿に、敵対しているヴォーティガンらは警戒を極めた。

――心優しき英雄《クロウ》が、完全に激怒していると勘違いして……！

そして、さらに。

「うぅ……⁉（てかアイリスさん、続けてなんつった⁉　国を安定させるために、俺がエルディア様と、婚約したってええええええええ⁉）」

ハッと左手の指輪を見るクロウ（※敵からしたら腰に差した剣を見たように見える）。

贈られた指輪の意味に、そして『父親代わりに帝王を叱ってほしい』というだけなのにあまりにもベタベタしてきたエルディアの言動に、クロウは五周遅れで気付いてしまう。

「あぁぁ……！（まさかエルディア様ッ、国民から見たら英雄の俺を王族入りさせて、みんなを安心させようと⁉　帝王の父親代わりって、マジでその立場になれってことだったのぉおおおおおおおおおおーーーーーーーーー⁉⁉⁉⁉⁉）」

そんなクロウに答え合わせするように、ひしっとエルディアが抱き着いてきた。

「冷静になってくださいっ、アヽヽナヽタ！　ヴォーティガンは……『わたくしたちの息子』は強敵ですっ、狂乱しては倒せませんッ！」

「ええええ……⁉（って嘘《うそ》だろぉおおおおおおおおーーーーーーーーーーッ⁉）」

……もう完全に混乱の極みである。

そんなクロウの内情も知らず、ヴォーティガンは「どうした、かかってこい……！」と挑発するが。


「――今は、黙っていろ」

「ッッッ⁉」


一喝。

あまりにも凄《すさ》まじい迫力と共に、クロウは嚮主を黙らせた――！

……なお別に怒っているからではなく、もう敵の存在など考えている場合じゃないくらいに頭がいっぱいいっぱいいっぱいだからなのだが。

ともかく、今更ながらにこの男は、自分がどれほど複雑な立場に置かれているのか知るのだった。

「すまないエルディア……もう大丈夫だ……！　それにアイリスも、助けに来てくれてありがとう……！（うわぁあああああああああああああどうしようどうしようどうしようどうしようッ‼‼こんな事態になってるのに、今さら二人に『俺、なんも知りませんでした！』とか言えないんですけどぉ⁉　俺ってばアイリスさんと想いを交わしながらも、国のためにエルディアさんと結婚することにした立場だったとかなんだそれえええええええ⁉)」

キリッッッとした顔のまま、どうしようどうしようと内心頭を抱えるクロウ。

彼は凄まじく察しが悪いが、地頭が悪いわけではない。

情報的材料が揃《そろ》えばそこからどうなるかくらいの予想はできる。

「(お、俺このままだと、王様にされちゃう予定なんじゃないの⁉　だって帝王様死んじゃったし、俺エルディア様の婚約者みたいだし！　そ――そんなのやだああああああああああああああああああああああああああああ‼‼‼‼　クロウくんプレッシャーで死んじゃうよぉおおおおおおおおおお――――――――‼‼‼　それにアイリスさんもこのままじゃ救われないよぉおおおおおおおおおおおおおおおお‼‼‼‼‼)」

全力でクロウは頭を捻《ひね》る。

そして数秒。考えて、考えて考えて考えて考えて考えて。

もうとにかく頭を使いすぎて湯気が立ち、それがヴォーティガンたちからしたら闘気《オーラ》に見えるくらい考えて――そして。

「――すまない、エルディア。玉座はしばらく、キミが守っていてほしい」

「えっ……？」

クロウは、剣を抜いて敵に構えた……！

そして困惑するエルディアへと、前を向いたまま告げる。

「なぁエルディア。たしかに俺が王に成らねば、国家は安定しない状況かもしれない。――だが、どうか今の国民たちを見てくれ。彼らは今にも駄目になりそうな顔をしているか？」

クロウに促され、エルディアは民衆たちを振り向く。

すると、彼らの瞳《ひとみ》には。

「……帝王陛下、アンタの勇気は目に焼き付けたぜ……！」

「俺たちも、光の道に生きてやる……ッ！」

「おい王弟。アンタの辛《つら》さはわかるが、あまりにもやりすぎだ。もう許せねえよ……ッ！」

そこには、確かな意志の炎が宿っていた。

愚かしき自分を恥じ、そして最後は勇敢なる王として散ったジルソニアの魂。

それが、民衆たちに受け継がれていた……！

「みなさま……っ！」

「これが答えだ、エルディア。帝王のおかげで人々は強くなり、そして目の前には討つべき黒幕がいる。だったら、俺が王になるのは今じゃない」

一歩前へ歩み出るクロウ。

そこは、アイリスの隣だった。

「クロウくん……！」

「アイリス。今しばらくは、俺も騎士として生きるさ。

――それと、人生を騎士として費やすなんて言わないでくれ。告白した者として……アイリスのこともいつか、幸せにしてやりたいんだから……」

「っっっ⁉　そ、それって……っ！」

照れるように微笑《ほほえ》むクロウに、アイリスの両目から涙が溢《あふ》れる。

幸せにしてやりたい――それはつまり、そういうことで。

「あ、ありがとう……クロウくん……！　その時はどうか、私のことを愛してくれ……！」

「あぁ、大切にするさ……」

――かくして、混沌《こんとん》としていた状況をどうにか落ち着けたクロウ。

なお。


「さぁッ、いくぞヴォーティガン！（よぉおおおおおおおおおしッ！　イイ感じの悪の組織がいたおかげで、どうにか王様になる問題先送りじゃぁあああああッ!!!!!!

それにアイリスさんとの関係も、今しばらくは戦友のままキープできるなッ！　だって俺童貞だしッ、いざ『そういう関係』になった時に手間取って鼻で笑われたらショックだしッッッ!!!!!!)」

頭を回した結果、クロウが辿《たど》り着いたのは時間稼ぎである――！

敵組織がいるのをいいことに、結婚問題も恋人問題も全部遅延させるクロウ。完全にドクズの所業である……！

「（ふぅ～なんとかなりそうだ。今のうちに俺より王様に相応《ふさわ》しいヤツ見つけたり、あと女性に慣れる訓練とかしておくかなぁ……！）」

……とかなんとか思ってホッとするこの男だが、実はまだピンク親子の夜這《よば》い問題が残っているのはこの時一切《いっさい》知らなかった。

しかも、そのうち片方がお腹《なか》をポッコリさせながら目の前に現れるのだが――とにかく。

「『黒芒嚮団《こくぼうきょうだん》』、お前たちを斬《き》る……！（できれば一人くらい生き延びてくれよ!!!! 俺が女性問題から逃げるために!!!!!!!!）」

……こうしてクロウは、『仕事に逃げてる間は女性トラブルもどうにか後回しにできる』というテクを覚えたのだった――！

端的に言ってカスである。龍殺《りゅうごろ》しの英雄がこんなショッッッボい理由で悪の組織と戦ってると知ったら、全国民一億石投げ不可避だろう。

頼むから国から出て行ってほしい。

「――チィィ……ッ！　忌《い》まわしき英雄よッ……ならば貴様も殺してくれるわッ！　いくぞ、お前たちッ！」

『応――ッ！』

毅然《きぜん》としたクロウを前に、ついにヴォーティガンらが動き出す――！

「うおおおおおおおおおおおおおおおおッッッッ‼‼‼」

拳を振り上げヴォーティガンが駆ける。

一蹴万力。踏み込んだ大地が砕けるほどの力で、一瞬にしてクロウの眼前に現れた。

――されど英雄は動じない。

「来るがいい（ムラマサくん対応頼むわ‼‼‼‼‼）」

――是！――

瞬間、ヴォーティガンの拳が炸裂《さくれつ》する。

それはクロウの胴体を見事に突き破り、おびただしい血肉を広場にブチ撒《ま》けた。

「殺《と》ったァッ！」

拳に感じた絶殺の手ごたえ。目の前に広がる惨景と血の匂《にお》い。

これは確実にやったはずだと、嚮主・ヴォーティガンは凶悪に笑うが、しかし。

「甘いな」

背後より響く英雄の声。それと同時に無情瞬殺、後ろから心臓を刺し貫いた――！

「ぐふぅぅぅぅうウッ⁉」

血を噴きながら距離を取るヴァーティガン。

彼が振り返ると、先ほど確かに殺したはずのクロウが無傷で立っていた。

「ッ、なんだと……⁉　ではっ、オレが殺したと思ったのはっ⁉　あの血肉までブチ撒けたのはッ⁉」

「俺の創り出した仮の肉体だ。

いいいいいいいいい、
お前が差し向けた災禍《さいか》の龍。その闘いより身に付けた、新たな力だ――ッ！」

手の黒刀より闇《やみ》が溢れる。クロウがそれを振るい抜くや、放たれた闇は飛散し、形を成し、魔物の軍勢となって顕現を果たした！

「禁術解放・邪魂招来《じゃこんしょうらい》――！」

『ガァァァアアアアア――ッッッッ！』

小鬼《ゴブリン》が、大鬼《オーク》が、闘牛鬼《ミノタウロス》が、魔豚鬼《トロール》が、日ノ本鬼《オーガ》が。

英雄が今まで斬ってきた悪鬼羅刹《らせつ》共が、ヴァーティガンの前に列を成す。

「なっ、なにぃ……ッ⁉」

黒妖殲刃《こくようせんじん》が新たな力、『魂魄の複製受肉《リアニメイト》』。

その脅威を前に、さしもの嚮主にも冷や汗が流れる。

そして、さらに。

「――外道共がッ！　クロウくんの元には、行かせんよッ！」

光速の斬閃《ざんせん》が幹部三名の行く手を阻《はば》む。

最強の女騎士・アイリスだ。彼女はたった一人にして嚮主の手勢を圧倒していた。

「さぁ、諦《あきら》めろヴォーティガン。王弟として、罪を認めて投降するがいい（戦うと筋肉痛くなるからね!!!!!!!!）」

……クソなことを考えつつ、刃をビシッッッと向けるクロウ。

中身はアレだが、圧倒されているヴォーティガンからしたら恐ろしいことこの上なかった。

「くっ……」

状況は絶望的だった。

穿《うが》たれた心臓部からは血が溢れる。既に退路はなく、魔の軍勢がじりじりと迫る。頼もしき部下たちは、光の戦姫に抑え込まれている。

ヴォーティガンの目的たる『兄《ジルソニア》の屈辱的な抹殺《まっさつ》』は失敗し、ジルソニアは偉人として民衆たちの心に残ってしまった（※なお実際は老害）。

「あぁ……」

もはやヴォーティガンに希望はない。

彼は完全なる敗者になった。

ここで諦めて裁かれるのが、何よりラクな選択だろう。

されど、

「――まだ、だァッ！」

逆にヴォーティガンは駆け出した――!

前へ、前へ、前へ、前へ。悪鬼羅刹の大軍勢へと死に体の身で自ら飛び込む。そして、

「オォォォォオオオオオオーーーーーーーッッッ!!!!」

絶拳乱撃。凶悪極まる膂力《りょりょく》を以《も》って、魔の軍勢を殴って殴って殴り飛ばした――!

その光景に、クロウは本気で絶句する。

「なんだとっ……!?(えっ、えっ!? 何なのコイツの意味わからんパワーッ!? それに……!)」

胸部から噴き出ていた血が、ごく少量にまで減っていたのだ……!

ありえない。よりにもよって心臓部の流血が、そう簡単に止まるものか。もしも止まる時が来たなら、それはもはや流す血も無くなってしまった時だろう。

されど嚮主に死の気配はなし。一切動きを陰《かげ》らせず、全ての魔性を薙《な》ぎ払う。

「ハァァァアアアアアアッッッ!!!!」

炸裂するヴォーティガンの拳。それによって巨体のミノタウロスが殴り飛ばされ、クロウ目掛けて吹き飛んできた。

それをクロウは咄嗟《とっさ》に斬り捌《さば》くも、

「貴様が黒龍《こくりゅう》に行った戦法だ――捉《とら》えたぞッ、クロウッ!」

「ッッッ!?!?」

闘牛鬼の胴を裂いた瞬間、目の前にヴォーティガンが現れた――！

引き絞《しぼ》られる凶器の右腕。それに超反応したムラマサが刃を盾とした刹那《せつな》、絶殺の拳が放たれた！

「ぐぅうううぅッ⁉」

一気に吹き飛んでいくクロウ。砕けるような衝撃と共に、無数の家屋を突き破っていく。

あまりにも痛すぎてクロウは思わず泣きそうになった。

そこで、さらに、

「逃がすかァァアアアアッ！」

嚮主の叫びが帝都に谺《こだま》す。

吹き飛ぶクロウに追い縋《すが》るほどの速度《スピード》で、彼は距離を詰めてきたのだ。

舞い散る民家の破片を足場に跳ねながら、超高速でクロウに迫る。

いぃいいいいいいいいいいいいいいいい
「なぁ……⁉（なななっ、なんじゃこいつぅううう～～～⁉）」

その物理法則すら無視しかけた身体能力にクロウは絶句するしかない。

――だがその時、ヴォーティガンの背後よりクロウの従僕・オーガの生き残りもまた追いかけてきた。

これにクロウは内心パァッと（鬼くんナイス！）と喜ぶ。だが、しかし。

「丁度《ちょうど》いいじゃねぇかッ！」

ヴォーティガンは一瞬止まって振り向くと、なんとオーガの首筋に噛《か》み付いたのである……！

そして、咀嚼《そしゃく》、咀嚼、咀嚼、咀嚼――！

頸椎《けいつい》を噛み千切《ちぎ》るどころか、そのままクチャクチャと音を鳴らしながら舌鼓《したつづみ》を打ち、最後には飲み込んでしまったのだ……！

「ヴォーティガンッ、お前……⁉（うえぇぇぇぇぇぇぇ⁉　このひと魔物を食ってるぅうううう⁉）」

驚愕《きょうがく》するクロウを前に、ヴォーティガンの全身に異変が起きる。

まるで発熱したように赤く染まるや、ドクンッドクンッと、空気を振るわせるほどに心臓部が高鳴った。

――その姿は、まるで先ほど食われた『鬼』のようだ。

「ウオォォォオオオーーーーッッッ‼‼」

大咆哮《ほうこう》を上げるヴォーティガン。人外のごとき声圧は轟風《ごうふう》となって周囲に吹き荒れ、数多《あまた》の民家を吹き飛ばした。着地したばかりのクロウも堪《たま》らず後退させられる。

「くっ……ヴォーティガン……貴様、その力は……⁉（な、な、何なのコイツぅううううう⁉⁉

さっきから意味わかんないんだけどぉ⁉⁉⁉）」

明らかに人間の域を超えている――！

人の形をした生物が出していい出力《スペック》、ソレを完全に超越していた。

「魔導兵装の力、なのか……？　だが、兵装などどこにも……ッ」

「いいやァ、ココにあるぜ……ッ！」

そう言って嚮主が指したのは、己《おの》が心臓部だった……！

彼は差し穿たれた傷孔《きずあな》に指をかけ、一気に左右に引き裂いた。すると、衣服や胸筋ごと皮膚が裂け――、

「二十年前、王城より持ち去った国宝兵装が一つ――『赫轟炉心《かくごうろしん》ファフニール』だ……！」

――そこにあったのは、肋骨内を埋め尽くすほどに肥大化した、異質すぎる『心臓』だった……！

「なっ……なんだ、それは……!?」

巨大心臓を前にクロウはたじろぐ。

医学知識などほとんどない彼だが、肺も食道もどこかに押しやってしまうほどの心臓など、流石《さすが》に怪奇がすぎるとわかる。

それにおかしいのは大きさだけではない。

まるで水槽の中に金魚が泳ぐように――心臓の表面を延々と、『竜の影』が廻《めぐ》り続けているのだ……！

――■■■■■■■■■《ガァァァアア》……ッ！――

唸《うな》りさえ上げる竜の影。

ソレは心臓部の中心に刻《きざ》まれた刺し痕《あと》を中心に蜷局《とぐろ》を巻くと、クロウを強く睥睨《へいげい》してきた……！

その様子にヴォーティガンは薄ら笑う。

「心臓の傷を塞《ふさ》いでくれたのはコイツだ。今やオレの心臓は、コイツの棲《す》み処《か》だからなァ。〝よくもブッ刺してくれたな〟って怒ってるぜェ？」

「……知ったことか（もっといいところに住めよぉ……！）」

〝鼓動がうるさくて眠れなくない……？〟と心臓のレビューが少し気になるクロウだが、ともかく能力の概要は摑《つか》めた。

剣を構えなおし、竜の影に（ビビりながら）睨《にら》み返す。

「竜の心血を取り込んだ者は、人外の力を得ることができるという（友達のフカシくんが言ってた！）。

お前の身体能力や、魔物を取り込む異常な能力。ソレらはその竜に齎《もたら》されたモノか……！」

「フッ――あぁご名答」

ヴォーティガンもまた拳を構えなおし、竜と共にクロウを睨む。

「『赫轟炉心ファフニール』。コイツは元々、竜の心臓部の肉片でな。飲み込んだが最後、人外の力を得る代わりに、竜に呪われ、気を抜けば身体を奪われるって代物だ」

「なに……!?（って、俺のムラマサくんと同じやんけーーーーッ!?）」

身体《からだ》を奪う呪《のろ》いの兵装。その恐ろしさと悍《おぞ》ましさを、クロウは身をもって知っている。

ゆえに理解ができなかった。

「お前は、そんな危険なモノを己が意思で持ち去り、飲み込んだというのか……⁉」

「あァそうだッ！　そして手にしたのが、この力だァーーーッ‼‼」

瞬間、震脚が地面を砕く――――！

地を穿つほどの勢いでヴォーティガンが踏み込むと、再びクロウに一瞬で殴り迫ったのだ。

これに反応できないクロウだが、彼もまた『呪いの装備』に魅入られた身。代わりにムラマサが反応し、黒き刃を死の絶拳に叩《たた》きつけた！

「死ねェエエエクロウゥォオーーーーーーーーーーッッッ‼‼」

「ウォオオオオオオオーーーーッ‼‼（嫌じゃあああああ‼‼‼）」

激しくぶつかる刀と拳。もはやヴォーティガンは骨密度すら人外と化しているのか、まるで鋼《はがね》と鋼が衝突したような異音が響いた。

さらに激突の衝撃波により、周囲の民家がまたも弾《はじ》け飛ぶ――――！

「喰《く》らえやァアアーーーーッッッ‼‼」

そして激闘が幕開けた。嚮主・ヴォーティガンは両の拳を握り締め、絶殺の殴打《ラッシュ》を開始する。

一秒に二撃、四撃、八撃、十六撃、三十二撃――――！　人外の肉体は瞬《また》く間に攻撃を加速させていき、秒間百発にも及ぶ死の拳弾がクロウを襲った。

されど、

「温《ぬる》いぞッ！（やばいよッ⁉⁉⁉⁉）」

クロウは全く動じない（※表面上のみ）。

超絶技巧の絶剣を振るい、全ての攻撃を逸《そ》らし弾いて防ぎきった上、反撃の刃まで振るってみせた――！

首を反《そ》らしたヴォーティガンの頬《ほお》に、深く斬閃が刻まれる。

「やるなァ英雄ッ！　だが負けんッ、オレは負けるわけにはいかねェんだよォオオオーーーッ！」

さらに、さらに、さらにと。凶暴に加速するヴォーティガンの拳撃。

ソレに呼応して『黒妖殲刃ムラマサ』もまた人外の速度で剣撃を放ち、戦いは神域へと至っていく――！

瞬間百撃、交錯《こうさく》し合う超速の攻撃。絶死の刃が響主の身体を掠《かす》めて斬り裂き、絶殺の拳が英雄の身体を掠めて肉を抉《えぐ》り飛ばす。

火花の如く舞い散る鮮血。二人の身体に刻まれる傷。

飛び散った血肉は瞬く間に多量となり、殺し合う彼らを中心に薔薇《ばら》のように地面に咲いた。

「「ウォォォオオオオオオオーーーーーーッッッ!!!!」」

大決戦に大地が砕ける。何度も何度も巻き起こる衝突に、ついに足場が悲鳴を上げたのだ。

されど二人は動じない。砕け散る地面を蹴って駆けあがると、空中での激突を開始した――！

――なお！

「ヴォーティガンーーーーッッッッ‼‼‼　（もうやめようよォオオオーーーーッ‼⁉⁉⁉⁉⁉⁉
身体痛いよぉおおおおーーーー⁉⁉⁉⁉⁉⁉⁉）」

……盛り上がってるのはヴォーティガンとムラマサだけで、操《あやつ》られているクロウは完全に泣きそうになっていた！

そう。今巻き起こしている人外な戦いは、進化したことで支配力が上がった『黒妖殲刃ムラマサ』が勝手にやっていることなのだ。この男は相変わらず振り回され、内心絶叫しているだけだった。

「うぉぉぉおお！　（あぁダメだ、このままじゃ死ぬ……！　心臓クソデカ暴力おじさんと性格最悪DVソードに殺される……！）」

激突の中、〝こんな戦いしてたら身が持たない！〟と確信する。

されどクロウは操り人形の身。戦闘モードに入ったら自分の意思で止まることもできず、さらにムラマサに懇願しようにも、実は先ほどから『竜ノ心臓！　絶対美味ッ！』と食欲大暴走状態で聞きやしないのだ。

――ゆえに、もうクロウにできることは一つだった。

「ヴォーティガン……こんな虚《むな》しい戦いはやめろッ！　（お願いだからやめてくれええええええええ‼‼‼）」

そうッ、必死の説得である――！

完全に操られているクロウには、もう動かせるものが口くらいしかなかった。

「ッ、戦いをやめろ……だと……？」

「あぁそうだ。お前の目的は、半ば達成されたはずだろう。兄の名誉までは奪えなかったが、それでも命だけは奪えただろうが！」

真摯《しんし》に訴えるクロウ。心の中で〝もう戦いたくないよォオオオオッ！〟と本気で（※自分のために）思ってるだけに、その言葉には強さが宿り、ヴォーティガンも耳を貸してしまう。

「お前の憎んだ兄は死んだ。ならばもういいだろう⁉　これ以上の暴走は、無辜《むこ》の民衆を傷付けるだけだッ！　彼らに恨《うら》みはないだろうが⁉」

「……」

ヴォーティガンの攻撃が止まる。彼は民家の屋根に降り立つと、クロウをじっと凝視した。

クロウもまた、操り手のムラマサが『器ヤバソウ、十秒休憩』と優しいんだか優しくないんだかわからない判断をしたため、向かいの民家に着地する。

「（よかったぁ休憩だー……って十秒⁉　いや喋《しゃべ》ってる間は休ませろ！）……答えろヴォーティガン。兄だけでなく、なぜ民衆まで傷付ける？　彼らに罪はないはずだ……っ！」

四方都市の襲撃や黒龍の封印解放で、数多くの人々が傷付いた。

ああ、そこに何の道理があるというのか。帝王・ジルソニアとは違い、民衆たちはヴォーティガンに何の不利益も与えていないはずだ。

それなのにどうしてと（※時間稼ぎに）問うクロウ。そんな彼に、復讐《ふくしゅう》の王弟は口を開いた。

「……あぁそうさなァ。確かに、民草には何の罪もねェよ。本当に……申し訳ないと思ってるさ」

「っ、それなら……！」

「けど悪いな。――止まるわけには、いかねェんだよ」

次瞬、クロウは大きく飛び退《の》いた。操り手のムラマサが咄嗟に反応したのだ。

そして、轟断一閃《いっせん》。一瞬前までクロウの立っていた家屋が、雷撃を纏《まと》った巨大槌《つち》により叩き壊された――！

「なっ……⁉」

「――王様をッ　これ以上ッ　傷付けルッ、なァアァアァアァアァアッ！」

現れたのは、ヴォーティガンが引き連れてきた幹部が一人・ギラグだった。

体長三メートルはあろうかという異形の大男だ。彼は雷の奔《はし》る槌を構え、クロウを強く睨みつけた。

「王様はッ　オデをッ、拾ってくれたァア……！　メシィ、いっぱい、食わせてクレれたァア……！傷付けるならッ、ブッ殺すッ！」

「お前は、アイリスさんが相手してたはずじゃ……⁉」

――驚くクロウに、さらに追撃の一手が迫る。

操られるまま黒刀を振り上げると、頭上から迫っていた少女・ナイアの斬撃《ざんげき》を受け止めたのだ。

「っ、お前もヴォーティガンの手下の……⁉」

「『ヴォーティガン様』と呼べッ、この下郎がァアッ！」

……操作状態のクロウは強い。筋肉の断裂も厭《いと》わず刃を振るうため、小柄な少女など一瞬で弾き飛ばせるはずだった。

しかし、ナイアも負けず劣らず超怪力を発揮《はっき》し拮抗《きっこう》。さらには空いた片手にもう一本の短剣を握り、二刀を振るってクロウをわずかに押していく——！

「ヴォーティガン様は我ら『外地の民』の王だッ！　我らの希望で輝きなのだッ！　その光をッ、貴様ごときに奪わせるものかァアアァァアッツ!!!!」

バキリッ、ゴキリッ、と骨が砕ける音が響く。

それは攻撃を受けているクロウからではなく、斬りかかっているナイアの身体から響いているモノだった。

「お前まさかっ、身体を無理やり操っているのか……!?（俺とほぼ同じじゃんッ!?）」

——ナイアの腕輪型兵装『灰殺生石《はいせっしょうせき》タマモノマエ』の応用能力である。

かの兵装こそ彼の本体。魂の在り処。すなわち今使用している身体は、仮初《かりそめ》の人形でしかないのだ。

ゆえに『黒妖殲刃ムラマサ』と同じく、自身で自身を思うがままに操ることが可能。筋肉と関節を破壊しながら、狂気の無軌道剣技を放っていった。

「ナイアッ、オデも加勢すルッ！」

「あぁギラグッ、共に我らが王を守るぞ！」

ギラグも巨大槌を手に迫り、抜群のコンビネーションでクロウに立ち向かっていく。

轟雷《ごうらい》の一撃がクロウの身を焼き潰《つぶ》そうとし、反撃に出ようにも蛇のように蠢《うごめ》くナイアの斬撃が隙《すき》を縫《ぬ》うように飛んでくる。

まさしく絆《きずな》の協撃だった。『悪の幹部共』という印象《イメージ》とは程遠い、熱き友情の成せる業《わざ》だ。

ソレに追いつめられていくクロウを、嚮主・ヴォーティガンは睥睨する。

「――『獄雷《ごくらい》のギラグ』に『千変《せんぺん》のナイア』。どちらも『外地』の寒村でくたばりかけていた、オレの可愛い民草だ。組織には、こんなヤツらが山ほどいる」

外地……すなわち『ベルリンの霊壁』外の環境は、あまりにも劣悪である。

特に国の中心部より離れた僻地《へきち》は一等に最悪だ。騎士が派遣されることも少なく、人々は日々魔物に襲われ、命の危機に晒《さら》されていた。

「魔物に食い殺されることはもちろん、農作物を食い荒らされ、飢《う》えて死ぬ民衆も大勢いる。そんな連中にとって――〝内地で平穏に暮らす人間共〟は、全員許せない怨敵《おんてき》だ……！　誰もが内地の者共を、苦しめたくて仕方ないンだよ……ッ！」

ゆえに、ヴォーティガンは戦うのだ。

飢えも痛みも知らない人々を傷付けたいと、己が『国民』が望むがゆえに。

「王の責務は、民の願いを叶《かな》えることだ。そしてオレにとっての民草とは、追われた先の外地で出会い、絆を結び、オレに希望を預けてくれた仲間《みんな》に限る」

拳を構えなおすヴォーティガン。再び身体から闘気が湧き上がる。

「英雄よ。お前もまた外地の出身だということは聞いている。だが、悪しき帝王《ジルソニア》に尽くし……内地の民を守るというなら……ッ！」

二度目の震脚が振り下ろされる。それは一度目よりもなお激しく、そして重く。足元の建物を一瞬で爆散させるほど激烈だった。

「我が民衆の悪意《ユメ》を、妨げるというなら……ッ！」

砕け散って飛ぶ建物の残骸《ざんがい》。そこに足を付け続け、力を込める、込める、込める、込める……！

次の踏み込みで、最大最速の勢いでクロウを殺すために。王の責務を果たすために。

そんなヴォーティガンに、背後より「やめろッ！」と女騎士が駆けてくるが、無駄だ。

「――行かせないわよッ、『白刃のアイリス』！　心砕けても王《カレ》を守るッ！」

愛《いと》しき同胞『獄炎《ごくえん》のカレン』が、危険極まる魔導兵装二刀使用で、必死に彼女を食い止めていた……！


「皆のためにもッ――お前を殺すぞ！　クロウ・タイタスーーーッッッ!!!!」


そして訪れる、終わりの時――！

ヴォーティガンは深く踏み込むと、弾丸の如くクロウに迫った。

「なっ――!?（うぎゃあああああ死ぬぅぅぅぅううッ!?）」

対処はもはや不可能だ。幹部二人への対応に追われていた上、迫る鬻主の速度は音速にまで達していた。

空気の壁すら破壊しながら、一瞬でクロウの懐《ふところ》に潜り込む――！

「破ァァァァアアアアッッッッ!!!!」

かくして放たれる、絶殺の拳。

着弾まで0・1秒。もはや防ぐことはできず、クロウの脳裏に『死』という明確な光景が映る。

〝殺《や》られる――!?〟

〝殺ったぞ――！〟

死と抹殺を確信する二人。

ああ、もはやこの結末は覆《くつがえ》らない。片や絶望に染まりながら、片や喜悦に満ちながら、〝これで終わりだ〟と両者思った、その時。

「――英雄《かれ》の命はッ！」

「――奪わせませんッ！」

瞬間、二人の戦姫が死を覆す――！

「なにイッ!?」

嚮主の拳が地に落ちる。頭上より降りてきた白衣の騎士『鈍壊《どんかい》のヒュプノ』の大斧《おおおの》により、腕ごと切断されたからだ。

さらには天才少女騎士『ヴィータ・フォン・カームブル』までもが現れ、紫苑《しおん》の暴風を放つことで、ヴォーティガンを吹き飛ばした。

「王サマァッ⁉」

「ヴォーティガン様ッ！」

主《あるじ》の負傷に動転するギラグとナイア。彼らはクロウへの攻撃を止《や》め、咄嗟に嚮主に駆け寄った。

「ヴォーティガン様っ、腕がぁ……っ！」

「おうおう、泣くなやナイアくんちゃん。…………あのモテ男め、どうやらアイリス以外にも、頼れる仲間《オンナ》がいたらしいな」

クロウのほうを見つめるヴォーティガン。

かの英雄もまた仲間二人に支えられ、その身を案じられていた。

「大丈夫かい、クロウくんっ⁉　キミのことは僕が守るよッ！」

「って何言ってんですかヒュプノさん⁉　クロウさんを守るのはこのわたしですっ！」

「二人とも、助けてくれたのは嬉しいが喧嘩《けんか》しないでくれ……（うええええ助かったよぉ二人ともォォオオッ！　あとどっちかとは言わず二人で俺のことを守ってお世話してくだしゃいッッッ！）」

「「むーっ！」」

騒がしくクロウを取り合う二人。
されど――和気藹々《わきあいあい》とした様子とは別に、ヴォーティガンらに対しては特大の警戒と怒りを向けていた。

「チッ……こりゃ潮時だな。このままじゃ、退路さえなくなる……」

本来ならば、ここまで手間取る予定はなかった。

兄・ジルソニアは国中の嫌われ者だ。英雄を暗殺しようとしたことは噂《うわさ》になっているため、彼が表に現れた瞬間、人々はジルソニアを好き放題に罵《ののし》っただろう。

そこに、ヴォーティガンが『王弟』として現れる予定だった。

そして暗殺されかけた悲劇を訴えれば、人々は必ずや暴動を起こしてくれただろう。

なにせ、『黒芒嚮団』――自分の暗躍――により、内地にも魔物がはびこる様になっているのだ。

その不安から余裕をなくしている内地の者らは怒り狂い、『悲劇の王弟のために』という暴力を振るう理由を得て、踊らされるまま帝王を害したはずだ。

配置されていた騎士たちも、悪意ある敵ではなく怒れる民衆が相手となれば、戦うことすらできないだろうと思っていた。

だが。

「くそっ……」

――その予定は、完全に崩れた。

クロウ・タイタス。強く優しく誠実な彼の活躍は老害の心にすら響いてしまったのか、帝王は真人間となってしまった。

もうその時点で計画は崩壊だ。

結果、ヴォーティガンは半ば自棄《やけ》になりながら、『悪の首領』として表舞台に参上。念のため引き連れていた幹部らと共に、直接王を抹殺することになってしまった。

そして、駆けつけたアイリスと対峙《たいじ》することになり、元凶であるクロウには致命傷まで一度喰らった上で、倒すまで至らず……。

「……今回は、『黒芒嚮団《オレたち》』の負けだ……！」

ヴォーティガンは、完全敗北を認めたのだった。

流石にこの状況はお手上げだ……。クロウ、アイリス、ヒュプノ、ヴィータという実力者四人の相手はもちろん、こうしている間にも続々と騎士が駆けつけてくるのが見えた。

さらには踊らせる予定だった内地の民衆たちも、避難しながらも怒りを胸にヴォーティガンらのほうを睨んでいた。

「悔しいがクロウ、退かせてもらうぜ……ッ！」

「っ、待て！（**やった――――――――！**）」

……なお、全ての計画を狂わせた英雄はというと、もう戦わなくていいことに滅茶苦茶《めちゃくちゃ》喜んでる模様。カスである。

――そんな真実も知らず、ヴォーティガンは地面を全力で殴り叩いた。

瞬間、大爆発でも起きたように周囲一帯の大地が吹き飛ぶ――――！

『うわぁぁぁあああああああ――――ッ!?』

その被害を最も受けたのは民衆たちだ。

広大な範囲が一瞬にして円孔状《クレーター》に陥没したがため、避難が遅れていた者を筆頭に滑り落ち、さらには砕けた建物の残骸に圧《お》し潰されそうになっていく。

「くッ、卑怯《ひきょう》な真似《まね》を――――ッ！」

強引にカレンを弾き飛ばすアイリス。閃光《せんこう》となって人々の元に向かい、出来得る限り救助していく。

ヒュプノやヴィータや駆けつけんとしていた騎士らも、人々を助けんと動かざるを得ない。

「悪いな騎士共《おまえら》、痛いところを突いちまってよ」

そして乱れ散る瓦礫《がれき》と粉塵《ふんじん》。その煙幕に紛《まぎ》れ、ヴォーティガンたちは姿を消していく。

「俺たちはまだ終わらねェ。いつか絶対に殺すからなッ、クロウ・タイタスッ！」

「待て、ヴォーティガン！（お願いだからさっさと帰ってええええええええええええええええ!!!!!!!!!!）」


――かくして、この日。

復讐の王弟が襲撃に現れた日は、『レムリア帝国・異変の時』と呼ばれるようになるのだった。

その歴史の真っただ中で、主役たるクロウは決意する。

「ヴォーティガン、いつか必ず貴様を討つ……！（怖かったよぉぉぉおおお!!!!!!!!　もうクロウくん騎士やめるぅうううううううううううう!!!!!!!!!!!!）」

キリッッッとした顔で、内心ゴミのようなことを考えるクロウ……！

こんな男が英雄扱いされることは、まさに運命の皮肉だった……！

※なお、辞められなかった模様。

第五十二話　新たなる時代へ

「おーし、今日も復興作業頑張るか～！」

「騎士の皆さんも手伝ってくれてるんだから、俺たちも頑張らないとな！」

「おし、まずはあそこの瓦礫《がれき》を片付けるぞー！」

――『レムリア帝国・異変の時』より数日。

王弟・ヴォーティガンの異常な力によって中心部の崩壊した帝都だが、民衆たちは混乱することなく、熱心に復興作業を進めていた。

それは、英雄・クロウや最強の女騎士・アイリス、さらには絶世の美少女騎士のヴィータやヒュプノ（※こちらは性別不明）までもが人々を鼓舞し、率先して作業を手伝ってくれているのもあるが、

「――皆の衆ッ、どうか怪我《けが》だけには注意するんじゃぞっ！　儂《わし》にとっては、皆こそが宝なのだからッ！」

……幼い少女の声に、人々は『オーッ！』と掛け声を返す。

そう。復興を指揮する『彼女』こそ、民衆たちを盛り立てる偶像的存在。クロウやアイリスにも引けを取らない、新たな帝都のアイドルだった。

——なお！

「みんなァ、このジルソニアがついておるぞッ！　力を合わせて頑張るのじゃッ！（くそがあああ‼‼‼‼　なんで儂が汗水垂らしてクソ民衆に尽くさにゃアカンのじゃあああああああああああああああ‼‼‼‼‼‼）」

……麗《うるわ》しき幼女の正体は、死んだと思われていた老害帝王・ジルソニアだった——！

そうして内心（クソがどうしてこうなったみんな死ね死ね死ねッ！）と老害電波を発する彼女（？）に、これまた見目麗しき少女が声をかける。

「おぉおぉ、流石《さすが》は元帝王陛下っ！　今日も頑張っておいでですな〜？♡」

「あっ！（げっ⁉）」

妙にねちっこい喋《しゃべ》り方をするその少女。

もしも年配の男であれば嫌味満載に聞こえたかもしれないが、少女の声で発すれば蠱惑的《こわくてき》にも聞こえる。

だが、この女の正体も……、

「この元宰相スペルビオスッ、汗にきらめく陛下の姿に惚《ほ》れ直す思いでございますっ！♡（ざぁまああ

ああああああああああああああああああ!!!!!!!!!!♡♡♡♡♡♡♡　可愛《かわい》く無様《ぶざま》で笑えます
ねぇゴミ上司ッ!!!!!!!!♡♡♡♡♡♡♡♡♡♡　粉塵《ふんじん》吸い込んでそのまま死になさい!!!!!!!!!!♡
♡♡♡♡♡♡♡♡♡♡）」

――老害帝王に従っていた老害宰相、スペルビオスだった！


「こっ、これはスペルビオス！　おぬしも手伝いに来てくれたのか！（テメェッ！　儂の働く姿あんま見るな死ねッ!!!!!!!!）」

「はいぃ♡　私も心を入れ替え、国民のみなさまのために汗を流しますよっ！♡（オメェーの苦労する姿を近くで見るためにねェッギャハハハハッ!!!!!!!!!!）」

仲睦《なかむつ》まじげに微笑《ほほえ》み合う少女二人。

その光景は人々の心を癒《い》やす清涼なモノだったが、実際はドロドロのグチャグチャである。

帝王と宰相は二十年以上仕事を共にしてきたツーカーの関係。

そんな長年育んだ連携力を無駄に使い、アイコンタクトだけでお互いを罵《ののし》り合っていた。

「共に光の道に生きると決めた者同士、手を取り合って頑張ろうぞッ！（死ね!!!!!!!!!!）」

「はいっ！　偶然にも摑《つか》んだ第二の人生ッ、人々のために尽くしましょうっ！（お前が死ねお前が

死ねお前が死ねお前が死ねお前が死ねお前が死ねお前が死ねお前が死ねお前が死ねお前が死ねお前が死ねお前が死ねお前が死ねお前が死ね!!!!!!!!!!!!!!)」

……端的に言ってクソである。

かくして脳内でボコボコと殴り合う老害コンビ。

なぜ彼女たち(???)がこんな姿になったのかというと、それは二人の死因となった『黄金の杖《つえ》』が原因だった。

「さぁ、協力して働くぞ〜!(クソォ、まさかスペの野郎まで蘇《よみがえ》るとは……あの杖め)」

ジルソニアが〝人を溶かす杖〟と認識していた、かの魔導兵装。

その正式名称は『金星天杖《きんせいてんじょう》テイレシアス』という。

テイレシアスとはギリシャ神話の登場人物であり、非常に奇妙な過去を持った男だった。

その過去とは、『セックスしてる蛇を面白がって杖で叩《たた》いたら女になった』――というものである。

……もう訳がわからない。

理解不能な上にあまりにも幼稚すぎだろう、テイレシアス。

ともかく王家に引き継がれてきた杖はそのゴミエピソードが能力化しており、『この杖で殺された人物は性転換して生まれ変わる』という頭のおかしい力を持っていた。

つまり帝王や宰相の肉体が溶けたのは、身体《からだ》が作り変わるための一工程にすぎなかったわけである。

「よしっ、二人であの瓦礫を運ぶぞ！（キビキビ働けクソスペ〜！）」

「はいっ、承知いたしましたーっ！♡（指図すんなクソジル〜！）」

こうしてクソから綺麗《きれい》なクソへと生まれ変わった二人。

ちなみに周囲には『死んだ瞬間、神が現れて〝反省したお前に慈悲をやろう〟と生まれ変わらせてくれたのじゃ〜！』と帝王は咄嗟《とっさ》に嘘《うそ》を吐《つ》き、さらに帝王が善人になるフリをこっそり見ていた宰相がシレッと現れ『心を入れ替えた私にも、〝同じく生まれ変わり善行に生きよ！〟とおっしゃられました〜！』と追従。

かくして、反省なんて一切《いっさい》してないし心も入れ替えていない二人は、『心からの贖罪《しょくざい》を望んだことで、神より奇跡を受けた元罪人』という、無駄に神秘的な存在に成り上がったのである。

なおこの雌《メス》老害共がそんな嘘を吐いたせいで間接的に治安がアップ。

帝都が混乱する中にあっても刑務所で暴動が起きることはなく、囚人《しゅうじん》たちはみな『俺たちも反省するから美少女にしてくれ――――ッ！』と真摯《しんし》にお勤めすることになったとか。カオスである。

「（クソォォ！　儂は民衆共に土下座までしたのに、貴様はシレッと善人ぶりおって〜!?）」

「（おやぁ陛下ッ、あまり反抗的な目をすると言いますよ!?　私を殺そうとしたこと、言いますよぉ!?♡）」

「（ぐぬぬぬぬぬっ!?）」

ともかく、なんだかんだで命拾いした老害共だが、帝王ジルソニアのほうは非常に不満だった。

憎きクロウに高齢老母寝取りパレードを食らわされ、それでも我慢してクロウや民衆に媚《こ》びて善人ポジションを手に入れたのだ。

それに比べて、宰相スペルビオスは何も失ってなさすぎるだろう。

コイツだって、クロウに黒龍《こくりゅう》単独討伐依頼をイヤミったらしく出しに行った罪状があるのに。

いい具合に世渡りしやがってこの野郎と怒りが止まらない。

「(きぃぃぃぃクソスペムカつくぅぅぅうッ！　しかも、童女になったせいで背丈や歩幅が足りなかったりと苦労してる儂と比べてッ、キサマ十代半ばくらいの容姿ではないか⁉)」

「(フハハ！　性別と一緒に、『老い』と『若き』も逆転した結果でしょう。私のほうがアナタより少し年下でしたので、そのぶん若くなりすぎなかったようだ)」

イラつく元帝王に比べ、元宰相は柔らかく微笑む。

彼女(?)は今、『本当に生きててよかった』と思っていた。

(アナタに殺される間際、叫んだ通りですよ。

私は息子のアリトライを愛しています。帝王に媚びを売って世渡りし続けてきたのも、全ては息子に多くの遺産と高い地位を渡すため。その夢も、叶《かな》いましたからね)

帝王が罪を暴露したことで、宰相スペルビオスの罪も次々と世に出回ることになった。

その責任を負い、当然スペルビオスも宰相を辞任。

――そして現在は、優秀な事務官であった息子・アリトライが暫定《ざんてい》的にその地位を引き継いでいた。

「(息子には一切汚職をさせてきませんでしたからねぇ。新体制的にもありがたい人材でしょう)」

「(チッ、気に食わんのぉ！　おぬしだけ全部上手《うま》くいきおって！)」

……こうして雌老害二人がキャッキャしつつも、レムリア帝国は順調に光の道へと向かっていた。

現在はエルディアを女王とした新体制発足の準備が進んでおり、テロ組織『黒芒嚮団《こくぼうきょうだん》・ヴァンプルギス』への対策も考案中である。

「（きっと息子は大いに働いてくれることでしょう。フフフ……あとは、美人な花嫁を捕まえてくるのを待つばかりですねぇ。アレは昔から奥手ですので、そろそろ恋の一つでもしてほしいのですが）」

「（知るかボケェ！）」

帝王とは違い、特に罰を受けることもなく済んだと思っている元宰相。

だが、しかし。

「――クロウさん、女性経験豊富そうなアナタに相談があります。実はボク……反応しちゃいまして……」

「ん、なにがどう反応したと？（あと全然豊富じゃないんですけど⁉）」

同時刻、クロウは美麗な若者から相談を受けていた。

彼の名はアリトライ・フォン・ティース。元宰相・スペルビオスの愛息子《まなむすこ》である。

一見少女にも見える美青年だが、優秀な頭脳を持つ秀才だった。

そんな彼は、涙を流しながら言い放つ――！

「実はボクッ、十代半ばの美少女になった父に『アレ』が反応しちゃいましてぇえええええええええええ!!!!」

「ぶっ⁉⁉⁉⁉」

「どうすればいいんでしょうクロウさんんんんんんっ！」
「（って知らねえよッ⁉⁉⁉）」
――こうして宰相の知らないところで、彼の息子はとんでもない方向に人生を捻《ね》じ曲げていたのだった……！
ある意味因果応報である。

新体制を発表するぜ‼‼‼

女王　寝取られ老母エルディア！
宰相　父の若い乳に反応アリトくん！
あと民衆ウケに　雌老害×2と
クロウ（カス）と
貴族代表に夜這《よば》い系未亡人フィアナ！
（※最近生理こない）

以上だ‼‼‼‼

滅国

やめてくれ、強いのは俺じゃなくて剣なんだ……！
Don't do this. It's not me that's strong, it's the sword……!

あとがき

美少女作者こうりーーーんっ！

はじめましての方ははじめまして、馬路《まじ》まんじです‼‼

顔出し声出しでバーチャル美少女ツイッタラーをしてるので検索してね！

@mazomanzi　↑これわれのツイッターアカウントです！　いえい‼‼

色々漫画とか出してます！


同時期に出した作品と同じくもはやあとがきを書いてる時間もないので、とにかく走り書きでいっぱいビックリマークを使って文字数を埋めていきますッッッ‼‼　というか

だいたいコピペです‼‼

いつもコピペあとがきです‼‼‼


『やめ剣』2巻、いかがだったでしょうか‼⁉

追い込まれたクロウくんが外面《そとづら》ばっかりカッコいいばかりに、淫乱ピンクどもに食われたり高齢老母と結婚する話です‼‼　アホ！

また、やめ剣発売の際にPVが公開されましたのでぜひ検索してみてください‼‼

クロウ役は赤羽根《あかばね》P様！（アイマスの！）　アイリス役は逢田《あいだ》リキャコ様です！（ラブライブの！）やったー！

同じ色に挟まれたら同色に染まるのがオセロのルール。これは作者のわれも実質アイドルですね！

というわけでアイドルとして清く正しく、

おっぱい見せるのでネット掲示板とかで作品宣伝してください！（´;ω;｀）

きっしょ。（※書いて二日後に見直した）

そしてそして、WEB版を読んでいた上に書籍版も買ってくださった方、本当にありがとうございます!!!!!!!!　今まで存在も知らなかったけど表紙やタイトルに惹《は》かれてたまたま買ってくれたという方、あなたたちは運命の人たちです!!!!　ツイッターでJカップ猫耳メイド系バーチャル美少女をやってるので、購入した本の画像を上げてくださったら「お兄ちゃんっ♡」と言ってあげます!!!!!!!!　美少女爆乳メイド妹ちゃん交換チケットとして『やめ剣』を友達や家族や知人や近所の小学生やネット上のよくわからないスレの人たちにホンマぜひぜひぜひぜひオススメしてあげてくださいねー!!!!!!　よろしくお願いします!!!!　ツイッターに上げてくれたら反応するよ!!!!


そして今回もッ！　この場を借りて、ツイッターにてわたしにイラストのプレゼントやア○ゾン欲しいもののリスト（死ぬ前に食いたいもののリスト）より食糧支援をしてくださった方々にお礼を言いたいです!!!!!!

高千穂絵麻（たかてぃ）さま、皇夏奈ちゃん、磊《こいし》なぎちゃん（ローションくれた）、おののきももやす・スフィアゲイザーさま、まさみゃ～さん、破談の男さん（乳首ローターくれたり定期的に貢いでくれる……！）、たわしの人雛田黒さん、ぽんきちさん、無限堂ハルノさん、明太子まみれ先生（イラストどちゃんこくれた！）、がふ先生、イワチグ先生、ふにゃこ（ポアンポアン）先生、朝霧陽月さん、セレニィちゃん、リオン書店員さん、さんますさん、Harukaさん、黒毛和牛さん、るぷす笹さん、味醂味林檎さん、不良将校さん、‡,8さん、走れ害悪の地雷源さん（人生ではじめてクリスマスプレゼントくれた……！）、ノベリスト鬼雨さん、パス公ちゃん！（イラストどちゃんこくれた！）、ハイレンさん、蘿蔔《すずしろ》だりあさん、そきんさん、織侍紗《おささ》ちゃん（こしひかり8kgくれた）、狐瓜和花。さん（人生で最初にファンアートくれた人！）、鐘成さん、手嶋柊。さん（イラストどちゃん+ガンダムバルバトスくれた！）、りすくちゃん（現金くれた！）、いづみ上総さん（現金くれた！）、蒼弐彩ちゃん（現金くれた!!!!）、ナイカナ・S・ガシャンナちゃん（現金くれた!!!!）、エルフの森のふぁる村長（エルフ系Vtuber、現金くれたセフレ！）、なつきちゃん（現金とか色々貢いでくれた！）!!!!!!　、ベリーナイスメルさん、ニコネコちゃん（チ○コのイラスト送ってきた）、瀬口恭介くん（チ○コのイラスト送ってきた）、矢護えるさん（クソみてぇな旗くれた）、王海みずちさん（クソみてぇな旗くれた）、中卯月ちゃん（クソみてぇな旗くれた）、ASTERさん、グリモア猟兵と化したランケさん（プロテインとトレーニング器具送ってきた）、かへんてーこーさん（ピンクローターとコイルくれた）、ぉ拓さんちの高城さん、コユウダラさん（われが殴られてるイラストくれた）方言音声サークル・なないろ小町さま（えちえちCD出してます）、飴谷きなこさま、気紛屋進士さん、奥山河川センセェ（いつかわれのイラストレーターになる人！）、ふーみんさん、ちびだいずちゃん（仮面ライダー変身アイテムくれた）、紅月潦さん、虚陽炎さん、ガミオ／ミオ姫さん、本屋の猫ちゃん、秦明さん、ANZさん、tetraさん、まとめななちゃん（作家系Vtuber！なろう民突撃じゃ！）T-REX@木村竜史さま、無気力ウツロさま（牛丼いっぱい!!!!）、雨宮みくるちゃん、猫田@にゃぷしぃまんさん、ドルフロ・艦これを始めた北極狐さま、大豆の木っ端軍師、かみやんさん、喜利彦山ノ人どの、あらにわ（新庭紺）さま、雛風さん、浜田カヅエさん、綾部ヨシアキさん、玉露さん（書籍情報画像を作成してくれた！）、幽焼けさん（YouTubeレビュアー。われの書籍紹介動画を作ってくれた！　みんな検索ぅ！）、レフィ・ライトちゃん、あひるちゃん（マイクロメイドビキニくれた）、猫乱次郎（われが死んでるイラストとか卵産んでるイラストとかくれた）、つっきーちゃん！（鼻詰まり）、一ノ瀬瑠奈ちゃん！、かつさん！、赤城雄蔵さん！、大道俊徳さん（墓に供える飯と酒くれた）、ドブロッキィ先生（われにチンポ生えてるイラストくれた）、葵・悠陽ちゃん、かなたちゃん（なんもくれてないけど載せてほしいって言ってたから載せた）、イルカのカイルちゃん（なんもくれてないけど載せてほしいって言ってたから載せた）、みなはらつかさちゃん（インコ）、なごちゃん、diaちゃん、このたろーちゃん、颯華ちゃん、谷瓜丸くん、武雅さま!!!!!!（ママだよ！）、ゆっくり生きるちゃん、秋野霞音ちゃん、逢坂蒼ちゃん、廃おじさん（愛くれた）、ラナ・ケナー4歳くん、朝倉ぷらすちゃん（パワポでわれを作ってきた彼女持ち）、あきらーめんさん（ご出産おめでとうございます！）、そうたそくん！、透明ちゃん、貼りマグロちゃん、荒谷生命科学研究所さま、西守アジサイさま、上ケ見さわちゃん（義妹の宣伝メイド！　よく曲作ってくれる！　キスしたら金くれた!!!!!!）、シエルちゃん、主露さん、零切唯衣くんちゃん、豚足ちゃん、はなむけちゃん（アヒルとキーボードくれた）（いつも商材画像作ってくれる！）、藤巻健介さん、Ssg.蒼野さん、電誅萬刃さん！、水谷輝人さん！、あきなかつきみさん、まゆみちゃん（一万円以上の肉くれた）中の人ちゃん！、hakeさん！、あおにちゃん（暗黒デュエリスト集団『五大老』の幹部、恐怖によって遊戯王デュエルリンクス界を支配している）、八神ちゃん、22世紀のスキッツォイドマンちゃん、マッチ棒ちゃん〜！、ｋｔ60さん（!?）、珍さん！、晩花作子さん！、能登川メイちゃん（犬の餌おくってきた）、きをちゃん、たちばなやしおりちゃん、天元ちゃん、の@ちゃん（ゲーム：シルヴァリオサーガ大好き仲間！）、ひなびちゃん、dokumuさん、マリィちゃんのマリモちゃん、伺見聞士さん、本和歌ちゃん、柳瀬彰さん、田辺ユカイちゃん、まさみティー／里井ぐれもちゃん（オーバーラップの後輩じゃぁ！）、常陸之介寛浩先生（オーバーラップの先輩じゃぁ！（´;ω;`））ゴキブリのフレンズちゃん（われがアヘ顔Ｗピースしてるスマブラのステージ作ってきた）、いるちゃん、腐った豆腐！幻夜んんちゃん、歌華@梅村ちゃん（風俗で働いてるわれのイラストくれた）、三島由貴彦（姉弟でわれのイラスト書いてきた）、白夜いくとちゃん、言葉遊人さん、教祖ちゃん、可換環さん（われの音楽作ってきた）、佳穂一二三先生！、しののめちゃん、闇音やみしゃん（われが●イズリしようとするイラストくれた）、suwa狐さん！、朝凪周さん、ガッチャさん、結城彩咲ちゃん、amyちゃん、ブウ公式さん！、安房桜梢さん、ふきちゃん！、ちじんちゃん、シロノクマちゃん、亜悠さん（幼少の娘にわれの名前連呼させた音声おくってきた）、やっさいま♡ちゃん、赤津ナギちゃん、白神天稀さん、ディーノさん、ＫＵＲＯさん、獅子露さん、まんじ先生１００日チャレンジさん（１００日間われのイラストを描きまくってくれるというアカウント。８日で途絶えた）、爆散芋ちゃん、松本まつすけちゃん、卯ちゃん、加密列さん、のんのんちゃん、亀岡たわ太さん！（われのlineスタンプ売ってる！）、真本優ちゃん、ぽにみゅらちゃん、焼魚あまね／仮名芝りんちゃん、異世界ＧＭすめらぎちゃん、暮伊豆さま（プロデビューは近い!!!!）、UNKNOWNさま、西村西せんせー、ミィア様（色々すごい!!!!）、オフトゥン教徒さま（オーバーラップ出版：「絶対に働きたくないダンジョンマスターが惰眠をむさぼるまで」からの刺客）、鬼影スパナパイセン（↑の作者様!!!!（´;ω;`））kazuくん、釜井晃尚さん、うまみ棒さま、小鳥遊さん、ＡＴワイトちゃん（ワイトもそう思います）、海鼠腸ちゃん！（このわたって読みます）、棗ちゃん先生！（プロデビューおめでとうございます！）、東西南《きたなし》アカリちゃん（名前がおしゃれー！）、モロ平野ちゃん（母乳大好き）、あつしちゃん（年賀状ありがとー！）、狼狐ちゃん（かわいい！）、ゴサクちゃん（メイド大好き！いっぱいもらってるーーー！）、朝凪ちゃん（クソリプくれた）、kei-鈴ちゃん（国語辞典もらって国語力アップ！）、Prof.Hellthingちゃん（なんて読むの⁉）、フィーカスちゃん！、赤柄トリイちゃま！（元気と肉をありがとー！サイン本企画開いてくれた！）、ばばばばばば（スポンジ）、裕ちゃん（ラーメンとか！）、森元ちゃん！、まさくん（ちんちん）、akdbLackさま！、MUNYU／じゃん・ふぉれすとさま！（ちゅっちゅ！Gianに改名！）、東雲さん、むらさん、ジョセフ武園（クソリプ！※↑くれる人多数）、ひよこねこちゃん（金…！）、こばみそ先生（上前はねての漫画家様！ 水着イラストくれた！）、家々田不二春さま、ま路馬んじ（われの偽物。金と黒毛和牛くれた、本買いまくって定期的に金くれる偽物！ 妻子もいる偽物…！）、夕焼けちゃん、ングちゃん、黒あんコロコロモッチちゃん（かわいい）、RAIN、月見、akdblackちゃんさま！、TOMrion、星ふくろうしゃま、紬、ウサクマちゃん、遠野九重さま（独立しますの!!!!!!）、魔王なおチュウさま（スパッツ破るやべーやつ）、結石さま（プロデビューおめでとうございます!!!!）、シクラメン様（ライバル!!!!）、くまだかわいさま（ドットマスター！）月ノみんと様（結婚しよ！）、水無月総牙シアちゃん&月咲レイちゃん（ダブル可愛い）、たまぞうくん、イヌ石油さま、スタジオパンデモニウム様、クラムボン様、ベイチキ様（ウム）、あニキ様（絵師ニキ！）、猫野いちば様、jiro様（結婚…！）、明日葉叶さま、鰡副世塩（聖槍十三騎士団）、奈輝サンタさま、雑種犬さま！（ワンちゃんに養われてる…！）、せいれーん様（いい身体！）、ムラさん、獏琉源視様、くろっぷ様、白い彗星様、焼魚あまねちゃん、（われのやばい絵めちゃ描く！）、東風とうふちゃん、キン肉マン（ＡＡ職人）、紫陽花（シクラメン先生の裏垢）、文士優希様、ト・ヘンちゃん、ヨッシー様、たまごひなさま、卍陽炎太様、ほむ様、チョーカー様（最後らへんの方たち特にわれにやばい絵くれるぅ！）

本当にありがとうございましたー！（名前記載漏れしてんぞカスまんじって人は言ってください！(´;ω;`)）ほかにもいつも更新するとすぐに読んで拡散してくれる方々などがいっぱいいるけど、もう紹介しきれません！　ごめんねえ！

最後に前回に続きステキイラストレーターのかぼちゃさまと編集様方に、めちゃくちゃ感謝をー！しゅきー！(´;ω;`)

馬路まんじ

DRE NOVELS

やめてくれ、強いのは俺じゃなくて剣なんだ……！2

2023年5月10日　初版第一刷発行

著者　馬路まんじ
発行者　宮崎誠司
発行所　株式会社ドリコム
〒141-6019　東京都品川区大崎2-1-1
TEL　050-3101-9968
発売元　株式会社星雲社（共同出版社・流通責任出版社）
〒112-0005　東京都文京区水道1-3-30
TEL　03-3868-3275
担当編集　白井伸幸・小原豪
装丁　AFTERGLOW
印刷所　図書印刷株式会社

Printed in Japan
ISBN978-4-434-31880-1

ファンレター、作品のご感想をお待ちしております。
右のQRコードから専用フォームにアクセスし、作品と宛先を入力の上、
コメントをお寄せ下さい。
※アクセスの際に発生する通信費等はご負担ください。